LA FOLIE DES PAPILLONS

L'autrice

Après avoir vécu dans plusieurs régions de France, toujours en suivant la Seine et la Loire, étudié l'histoire, parlé d'art dans des musées et organisé des festivals, **Laëtitia Casado** vit aujourd'hui en Touraine. Elle raconte des histoires dans les bibliothèques, lit beaucoup trop de livres et écrit pour les enfants et les adolescents. Tout ça, en sirotant de la limonade. *La Folie des papillons* est son premier roman chez Scrineo.

73 boulevard de Sébastopol, 75002 Paris
www.scrineo.fr
Diffusion : Interforum

Directeur éditorial : Jean-Paul Arif
Responsable éditoriale : Floria Guihéneuf
Éditrice : Dorine Borghino
Mise en page : Clémentine Hède
Correction : Camille Salomon
ISBN : 978-2-38167-173-4
Dépôt légal : mai 2023

LAËTITIA CASADO
LA FOLIE DES PAPILLONS
ScriNeo

À celles qui se battent pour faire changer les choses.

LES PERSONNAGES

Alice, vingt ans, travaille chez un couturier célèbre. Elle aime faire la fête, multiplier les rencontres… en un mot, vivre ! Une façon pour elle d'oublier le poids de la guerre et de la maladie de sa mère.

Emma, vingt-cinq ans, passionnée d'art en secret, est mariée à un homme que les années de guerre ont rendu ambitieux, violent* et distant. Sous son emprise, elle ne sait plus comment vivre par elle-même…

Léontine, dix-neuf ans, est une jeune journaliste qui souhaite publier des articles sous son vrai nom, en tant que femme ! Elle revendique haut et fort l'égalité des droits entre les femmes et les hommes, parfois à ses risques et périls…

* Nous informons nos lectrices et lecteurs que la toute fin du chapitre 10 contient une scène de viol pouvant rendre la lecture difficile.

La lune pâle éclaire faiblement les silhouettes qui traversent la place du Louvre à pas feutrés. Elles se faufilent dans les rues étroites et pavées, un sac sur le dos, cliquetant de bibelots volés. Il ne leur reste que peu de temps avant que le soleil ne s'éveille derrière les hôtels particuliers, et que sa lumière ne dévoile leurs visages.

La liberté est ce à quoi elles rêvent. Mais pour une femme en 1922, les rêves dépendent essentiellement des hommes. Alors elles empruntent le chemin qui leur permet d'y parvenir, quitte à défier la loi.

AOÛT 1922

1

Le stade est plein à craquer, ça piétine, ça se bouscule. Le lieu oscille entre émerveillement et agitation. La foule vibrante d'énergie se rapproche du centre, comme aimantée par la ferveur de la compétition. Les premiers jeux mondiaux féminins sont lancés.

Léontine, brune anguleuse à la nouvelle coupe courte à la mode, les lèvres brillantes et la fossette ovale, fend le rassemblement à grand renfort de coups de coudes et de soupirs d'exaspération.

— Ah, vous êtes là !

— Eh bien, ce n'est pas trop tôt !

Alice, une grande blonde au visage angélique, pose ses poings sur les hanches, à la manière d'une mère grondant affectueusement son enfant. Jugeant son geste inélégant, elle s'empresse de retendre les bras le long du corps et accueille Léontine avec un grand sourire malgré son empressement.

— Léon, ça va commencer ! Où étais-tu ?

— Je..., tente de se défendre son amie.

— Peu importe. Je suis si excitée ! Emma est juste là. Partie nous chercher quelques indispensables fantaisies.

La dénommée Emma essaie justement de se frayer un chemin avec sa robe d'été dentelée parmi les dames venues assister au premier rassemblement sportif français d'importance : soixante-dix-sept athlètes, essentiellement féminines, venues s'affronter. La jeune fille a les yeux d'un noir corbeau, ce qui lui donne une beauté magnétique, presque gothique, de comtesse russe. Son mari Edmond a d'ailleurs l'habitude de l'appeler « Ma petite Karénine ». Une de ses tresses s'est dégagée de ses épingles et pend mollement sur ses épaules, comme une bannière. Alors qu'Alice n'aurait manqué cet événement pour rien au monde, Emma s'était montrée plus réticente. Mais que ne ferait-elle pas pour ses deux meilleures amies ?

— Je les ai trouvés !

Emma a le visage caché derrière un assortiment d'éventails colorés qu'elle tend fièrement.

— Ah ! Merveilleux ! Il fait une de ces chaleurs ! s'exclame Alice.

— Edmond n'est pas venu ? demande Léontine à Emma.

— Il dit que ce ne sont pas de vrais jeux, mais une simple réunion de femmes capricieuses qui tentent de s'approprier la gloire d'hommes compétents.

Alice pouffe. Léontine lève les yeux au ciel. Un ciel jaune pâle comme du beurre.

— Comment peut-il penser ça ? J'espère que tu ne crois pas à ses inepties.

— Edmond m'a assuré qu'il y assistera dans deux ans, lorsque les JO seront officiels et réglementaires, confie Emma.

— Il ne vient pas pour l'unique raison que les candidates sont des femmes. C'est n'importe quoi ! se révolte Léontine.

— Heureusement, toi tu es venue.

Alice enlace son amie par la taille, geste familier qui fait instantanément rougir Emma. Pourtant, elle devrait être habituée aux exubérances de ses deux amies, qui, depuis la guerre, se sont affirmées comme femmes indépendantes. Elle, à la fin du conflit, a retrouvé son mari, son foyer, sa routine. Mais la routine a quelque chose d'apaisant. Et Emma a besoin d'être rassurée.

— Ce sont les JO les plus importants de leur histoire ! hurle Alice le poing levé.

Puis, elle remarque l'accoutrement de Léontine. Un pantalon ample agrémenté d'une large ceinture et d'une veste de tailleur comme les portent les hommes riches négligés.

— Léon, tu aurais pu t'habiller pour l'événement !

— Sois rassurée que je ne me sois pas présentée nue.

Emma glousse légèrement. Mais Alice soupire.

— Tu sais très bien ce que je veux dire. Pour une occasion pareille, je t'aurais prêté une belle robe. La nouvelle frip' en ville en vend à des prix tout à fait abordables.

— À quoi ça sert ? Ce n'est pas moi qui monterai sur le podium. Un pantalon et un blazer, c'est beaucoup plus pratique.

— Mais moins élégant.

— Tu essaieras la prochaine fois, je t'assure que mes mouvements sont plus fluides qu'empêtrés dans des jupons.

— Et ça, qu'est-ce que c'est ? demande Alice.

Un vieux bout de tissu coloré, épinglé comme un écusson en travers de la chemise de Léontine, attire son regard. Alors que la grande blonde tente de déchiffrer le message griffonné à la main dessus, stipulant que « Les femmes aussi ont des droits », une voix amplifiée par un micro interrompt le cours de leur conversation.

Grésillement et son strident.

La voix survole le stade plein à craquer et annonce le début de l'événement. Les premières coureuses sont invitées à rejoindre le départ de la piste.

Alice tape dans ses mains et sautille sur elle-même. Sa jupe danseuse suit le mouvement de ses jambes et la langueur de *La Valse* de Maurice Ravel, qui résonne maintenant dans le haut-parleur. Léontine est hypnotisée par ces femmes réunies dans la célébration et la joie. Emma tente de se cacher le visage avec son chapeau. Si jamais un proche de son mari la surprenait ici… Oui elle est venue, mais dans le plus grand secret. Edmond la croit au cours de tricot ou d'échecs donné pour les jeunes filles de l'Institut de Paris. Elle rougit face à ce mensonge. Mentir à son mari, à Edmond… Que penserait sa mère ? Un si beau mariage…

Elle repense à leur rencontre. À leurs balades le long du parc de Bellevue, aux sorties au théâtre, à leurs baisers sur les quais de Seine à l'abri des regards, à leurs courses sous la pluie, à ses larmes de joie se mêlant à celles des nuages. Et à leur mariage, au travail passionné de son mari dans l'automobile, à leur train de vie flamboyant, leur amour. Tout ça, c'était avant la guerre. Bien avant.

Emma repose ses yeux sur l'effervescence de la course. Les cris, la sueur, l'engouement sportif. Et les femmes. Toutes autour d'elle. Unies. Elle soulève d'un doigt son chapeau pour mieux voir et se dresse sur la pointe des pieds. Puis, se concentre sur le moment présent. Rien que le moment présent.

Emma égrène une à une les perles de son collier, comme on écosse des petits pois. Ce geste la rassure. Elle marche d'un pas décidé dans les ruelles de Paris. Ses talons claquent sur le pavé mais le silence alentour est ahurissant. La clameur de l'événement est bien vite redescendue. Emma sourit en repensant à ces femmes tentant de vivre de leur passion, illuminant le stade Pershing.

Elle remonte la rue Daval. Arrivée en son cœur, un attroupement attire son attention. Une femme au regard illuminé, coiffée d'un fichu rose d'où s'échappent quelques mèches rebelles, est debout sur une cagette en bois, des tracts à la main. Une jolie fille de bonne famille sans doute. Pourtant, son ton proclamateur détonne avec son apparence.

— … Seuls les hommes ont autorité sur nos propriétés : enfants, maisons, argent… Est-ce normal ? Nous travaillons comme eux maintenant, nous avons le droit d'avoir des droits. Femmes, témoignez avec nous ! Nous cherchons des volontaires pour faire porter nos exigences aux hommes politiques. C'est l'occasion de demander une égalité dans le travail et le droit de vote. Nous ne sommes pas encore assez nombreuses !

— On s'en tape de ton discours, râle une dame au teint pâle, le regard méprisant.

— Pas moi, avise une autre à côté.

— Ni moi !

— Honte aux femmes qui se laissent marcher sur les pieds par les hommes, hurle une jeune femme drapée dans un tissu de laine vert.

— Parce que tu crois que c'est facile de s'y opposer ? rétorque sa voisine de droite.

— Mais que peut-on faire pour changer les choses ? se questionne une passante. Les hommes ne nous laisseront pas témoigner.

À l'arrière de ce rassemblement clandestin, deux femmes sont même en train d'en venir aux mains à cause de leurs idées divergentes. Emma s'immobilise puis secoue la tête, affligée. Elles se mettent en danger. Pourquoi ? Elles sont toutes habillées décemment, ont sûrement un toit et de la nourriture. Alors, pourquoi ?

Emma joue des coudes pour échapper à la foule venue écouter la propagatrice. Ce discours lui fait penser à Léontine. Elle la voit debout sur cette même cagette, en train d'énumérer les noms de femmes ayant changé le cours des choses en bravant les interdits. Léontine aurait le cran. De dire « non » aux conventions pour ce qu'elle croit juste. De persuader les femmes de prendre le pouvoir. Emma, ça ne l'intéresse pas, sa vie lui plaît ainsi.

Un tract se retrouve entre ses mains, malgré elle.

— Non merci, décline-t-elle poliment.

— Eh bien, vous êtes une femme, non ? Si même les femmes refusent leurs droits, où va-t-on ?

Emma jette un œil au papier : une grande manifestation devant l'hôtel de ville est prévue dans une semaine. Elle le range dans sa poche et continue son chemin. À l'intersection de la rue et du boulevard qu'elle traverse, une silhouette familière l'attend. Elle repositionne sa robe en soie dentelée à la ceinture tressée, soulève son chapeau et ajuste ses gants. Son pas s'accélère, donnant le tempo aux battements de son cœur.

Un sourire devant lequel se pâmeraient les frères Gellé, célèbres fabricants de dentifrice, une voix gutturale imposante, et une prestance digne du colonel qu'il était : Edmond fait les cent pas devant le magasin, fier. À la vue de sa femme, il interrompt sa mesure et s'avance vers elle. Puis l'enlace.

— Emma, tu m'as fait attendre ! Tu as dû faire baver de jalousie tes amies du cours de tricot, je suppose.

— Elles le seront quand nous les inviterons à dîner et exposerons nos nouvelles merveilles, sourit Emma en se lovant entre ses bras.

— En effet, tu nous cuisineras un repas merveilleux grâce à notre cuisinière à charbon flambant neuve et nous discuterons de la nouvelle vie moderne à Paris. Excellente idée Emma !

— N'est-il pas ?

Emma manque d'ajouter que ses fameuses amies du club de tricot n'existent pas, qu'elle ne sait pas aligner deux mailles sur une aiguille et qu'il est inconcevable qu'Edmond apprenne qu'elle passe tout son temps avec Alice et Léontine. Des effrontées, selon ses mots. Mais elle continue de sourire et passe son bras dans l'angle formé par le coude d'Edmond.

Ne rien laisser paraître. Mentir pour surmonter ses peurs.

Ils entrent tous deux dans une boutique où Emma a repéré depuis quelque temps un drôle d'objet que les plus fortunées des familles parisiennes s'arrachent.

La vendeuse a l'art et la manière de rendre vivants ses produits, avec moult danses des mains et éclats de voix. Elle sait donner envie à la riche clientèle que les années de guerre n'ont pas déplumée. Elle s'adresse à une jeune dame qui suffoque de plaisir devant l'arrivage :

— Son utilisation si simple ravira vos matins. Inutile de s'y connaître en bricolage, madame, cet instrument est fait pour vous.

— Je le prends ! s'exclame la cliente, triomphante, avant de partir.

La vendeuse se tourne vers Emma et son mari.

— À quoi sert ceci ? demande timidement la future acquéreuse que les produits ne laissent pas indifférente non plus.

— Je vais vous montrer. Il suffit de brancher le fil, de déposer votre pain tranché dans la machine et en quelques minutes, il ressortira légèrement grillé. Un grille-pain électrique !

— Fascinant !

Grâce à la fée Électricité qui commence à s'installer dans tout Paris, les foyers peuvent désormais se doter de formidables équipements qui s'avèrent fort pratiques. Tout comme cette nouvelle machine à laver qui essore sept draps en même temps.

— Une révolution, mesdames ! Uniquement sur commande ! s'époumone une deuxième vendeuse.

Emma en a la tête qui tourne. Elle prend le temps de tout admirer, satisfaisant sa curiosité. Mais elle est venue pour quelque chose de bien précis.

— Alors on le prend ? insiste Edmond, pressé d'en finir avec ces rayonnages de produits domestiques.

Il tire quelques billets de son portefeuille. Emma est tout excitée. Son regard se pose enfin sur le manche en bronze gravé du fer à lisser les vêtements tant désiré.

— Le voilà !

Au comptoir, elle regarde aussi avec avidité d'autres nouveautés venues d'Amérique disposées sur une table, mais Edmond l'intercepte.

— Peut-être le mois prochain, ma chérie. Ne croulons pas sous le poids des machines. Bientôt à quoi serviront les hommes ? Ah ! Ah !

En sortant, le fer empaqueté sous le bras, l'épouse pense à ses deux amies : elle aimerait tant partager avec elles ces merveilles d'ingéniosité !

Au coin de la boutique, un homme au chapeau rond discute avec deux autres en tenues d'ouvriers. Sans parler des vêtements, le contraste avec les nouveaux riches qu'ils viennent de quitter est déroutant. L'homme au chapeau adresse un signe de tête à Emma en chiquenaudant les bords de son haut-de-forme.

Bien que furtif, ce geste ne passe pas inaperçu aux yeux d'Edmond. Emma le rassure aussitôt. Il s'agit d'un ouvrier de l'usine de métallurgie avec qui elle a œuvré pendant la guerre.

— Encore un qui a menti sur son statut pour ne pas aller se battre pour son pays ! dit Edmond d'une voix médisante.

— Non, il avait... il a toujours, un problème au cœur.

— Qu'il te dit.

Emma ne répond pas. Le ton de la voix d'Edmond n'autorise aucune réponse. Son mari déplore les petites gens. Elle n'a jamais compris pourquoi. Elle-même est issue d'une famille modeste. Elle a simplement eu le bon ton de s'unir avec un homme qui a le sens des affaires.

Les deux époux continuent leur route, longeant les ruelles, coude à coude. Au loin, elle reconnaît la fontaine où ils se sont promenés si souvent. Aujourd'hui, c'est différent, ils ne se promènent plus en errant, ravis d'être à deux, mais marchent ensemble vers un but. Et une fois atteint, leurs coudes se décollent, leurs têtes également. Le bien-paraître en société. Voilà ce qu'Edmond lui a appris.

Et elle l'applique à merveille.

2

Léontine passe une main dans ses cheveux courts en traversant la rue. Elle croise un garçon de son âge, dix-neuf ans à peine, la moustache haute, les pommettes saillantes. Il la fixe d'un drôle d'air avec sa coupe à la garçonne, et ses pantalons amples. *Une fille déguisée en homme*, pense-t-il sans doute.

Ça la fait sourire. Elle se sent libre. Dans son temps.

La devanture du journal est sobre, quasiment fantomatique, dans une ruelle terne où jouent quelques gamins. Une affiche placardée flotte sur la façade et s'enroule sur elle-même, si bien qu'on a du mal à la déchiffrer.

Mais derrière la glace sale, les esprits s'échauffent. Les écrivains et journalistes racolent, pourchassent les idées, les faits, et les rendent accrocheurs. La jeune fille en a assez, décide d'assumer enfin d'être une femme. Léon ne lui suffit plus, elle veut signer ses articles de son vrai prénom : Léontine.

Une clochette retentit lorsque la porte s'ouvre. Une tête se lève à son entrée. Une seule. Les autres sont baissées, lisant, tapant. Elle aperçoit quelques femmes dans le fond, le nez rivé sur leur machine. Tressaillement de lèvres. Elle sourit. Ne se sent pas complètement seule dans cet univers masculin.

Léontine se dirige vers l'homme qui semble maintenir ce navire à flot et qui la regarde en louchant. Ou plutôt, voit à travers elle. Sa main frotte son nez gras.

— Bonjour, je viens pour l'emploi de rédacteur, annonce-t-elle.

— Pardon ?

— J'ai déjà publié dans *Le Matin*, et dans plusieurs quotidiens depuis la guerre. Ainsi que dans le *Journal des tranchées*. On me faisait parvenir des nouvelles du front et je rédigeais des lettres aux familles. J'ai une recommandation, au nom de Léon, c'est moi, j'ai juste…

Son interlocuteur lève la main. Aussitôt Léontine se tait. Elle connaît la gestuelle des hommes trop sûrs d'eux.

— Tu veux écrire pour mon journal ?

— Oui, j'ai plusieurs idées. Je sais que vous cherchez à développer l'aspect politique internationale, je suis engagée dans des associations d'aide aux victimes de guerre, la cause des femmes m'anime et j'aimerais me faire le relais de celles qui ont des choses à dire…

— Ça ne fait pas partie de nos revendications primaires, la coupe-t-il.

La jeune journaliste ne se laisse pas avoir par ce ton cassant et déstabilisant. Elle a appris à fermer les yeux mentalement, à respirer et à garder un sourire de façade.

— Et quelles sont-elles ?

— Les faits divers croustillants, l'anti-militarisation, la politique étrangère…

— Je prends. Que puis-je faire ?

— Pas grand-chose. Taper des textes que nous te dicterons, si tu sais te servir d'une machine.

— J'imaginais des actions plus concrètes, comme aller sur le terrain pour effectuer des recherches et rencontrer la population, m'entretenir avec des propriétaires à propos de la crise du logement, ou dénoncer…

— Comment tu t'appelles ? l'interrompt-il une fois de plus en la scrutant.

— Léontine.

— Écoute Léontine, on n'est pas dans un roman ici, mais dans la vraie vie et tu es… une femme. Je te suppose meilleure cuisinière que rédactrice, aussi tu peux, dans ta cuisine, faire passer ton émotivité et tes cancans, ici c'est un vrai journal. Alors soit tu tapes, soit tu prends la porte.

— Ce sont mes seules options, selon vous ?

Devant son mutisme désobligeant, Léontine s'emporte :

— Savez-vous qui effectuait votre travail pendant que vous étiez au front ? Nous autres, pauvres femmes, missionnées pour taper sur des touches mécaniques, mener de grands reportages ou conduire des tramways. Mais nous savons faire beaucoup plus, nous savons être vous. Je réclame l'égalité au travail !

Le directeur du journal lui rit au nez. D'un grand rire guttural. Et il n'est pas le seul.

— Vous nous avez rendu service, grâce vous soit rendue, mais vos fonctions naturelles ne sont pas dans une salle politique ni une salle de rédaction. Elles sont au foyer à élever vos enfants. Trouve-toi un bon monsieur qui acceptera ton originalité, mademoiselle. Il lui en faudra du courage à celui-ci !

Léontine devient rouge mais reste muette, elle sait qu'elle ne fera pas changer d'avis cet olibrius. Et qu'elle devra continuer à signer Léon Dalmas si elle veut vivre de sa plume et de ses idées.

Avant de tourner les talons, elle jette un œil sur son bureau : une statuette de cerf et une plaque mentionnant son nom sont posées dessus. Monsieur Laveine, directeur de *l'Éclair*. Elle l'ancre dans son esprit.

Dehors, une fine pluie d'été commence à tomber et se pose sur le sol en douceur. À peine Léontine a-t-elle tourné à l'angle de la rue que des bruits de pas percent dans son ombre. Si ce balourd du journal ose revenir…

— Léontine, c'est ça ?

Une jeune femme brune, de dix ans son aînée, l'attrape par le bras, l'obligeant à se retourner. Ses yeux sont gros comme ceux des loups dans les livres d'images pour enfants.

— Je m'appelle Victoire. J'ai entendu ce que tu disais.

L'inconnue se dandine d'un pied sur l'autre et sa tête, comme une toupie, guette le moindre mouvement alentour, comme si elle avait peur qu'on les surprenne. Gêne et embarras.

— Nous sommes une dizaine de dactylos, à travailler ici. Mais comme toi, on a écrit des papiers pendant la guerre. Et ça nous a plu. Ce n'est pas du goût de tous. On aimerait te parler. Nous aussi on milite pour que les femmes puissent exercer le métier qu'elles veulent. Qu'elles puissent se battre. Je voulais te dire… on est avec toi.

Léontine ne sait pas quoi répondre. Elle fronce les sourcils et attend que la jeune femme reprenne son souffle.

— On se retrouve dans un petit café à Rivoli le mardi soir. Le serveur est amical, il ne laisse pas traîner ses oreilles, ou s'il le fait, n'ébruite rien. On y sera tranquilles. Et leur musique est avant-gardiste. Du jazz.

— Je n'en ai jamais entendu.

— Tes oreilles vont frémir.

L'œil rieur, la jeune femme retrousse ses lèvres.

Léontine réfléchit. S'attend-elle à ce qu'elle intègre ce groupe de femmes ? Oui, elle a toujours été engagée dans ses articles et propos, et a manifesté pacifiquement devant l'hôtel de ville en 1919 pour soutenir les éplorées de guerre, mais de là à rejoindre un groupe de parole et d'écriture… En est-elle capable ?

— Je ne sais pas, je vais réfléchir, finit-elle par répondre.

— Très bien, si jamais tu veux nous rejoindre, c'est au Café de l'Après. À très vite, j'espère.

D'un clin d'œil complice, la femme s'en retourne en clopinant vers son lieu de travail, laissant Léontine seule sous la pluie.

QUAND LES FEMMES
prennent place dans la rue...

Déjà en février dernier, des centaines de femmes s'étaient réunies pour protester contre leur précarité face à l'homme, revendiquant de nouveaux droits, comme celui du suffrage qui fait beaucoup parler de lui outre-Manche. En Angleterre, les suffragistes ont obtenu gain de cause en 1918 et les femmes de plus de 30 ans peuvent désormais voter.

Qu'en est-il dans notre beau pays ? Le débat qui prend de l'ampleur dans les tribunes politiques semble réveiller l'opinion publique. En ce mois d'août, les femmes donnent à nouveau de la voix en envahissant les rues et les places, arguant slogans et panneaux bricolés à la hâte. Elles désirent plus de considération, des diplômes, un salaire plus juste... Que s'est-il passé ? La guerre, sans doute, les a rendues plus revendicatrices, espérons que ces temps incertains s'achèvent vite et que chaque chose reprenne sa place...

Le Petit Parisien*, 12 août 1922

---

*Tous les articles du texte sont purement fictionnels bien qu'ils s'inspirent de faits historiques.

3

Fin d'après-midi. Emma défroisse de sa paume le journal noirci d'encre et de nouvelles. Elle le lit tranquillement, accompagné d'un thé au jasmin. La politique étrangère ne l'intéresse guère. Les premières feuilles volent sous ses doigts fins. À contrario, les chroniques littéraires sont alléchantes. Puis, ce sont les faits divers. Elle est fascinée par ces chroniques mondaines qui rythment son quotidien de rebondissements par procuration. Un article attire particulièrement son attention :

UN VOL
de haute volée

La nuit dernière, le gang des Papillons Noirs a encore sévi dans le quartier de la Haute Poste. 580 francs en billets de banque ont été emportés ainsi qu'une statuette provenant tout droit d'un voyage en Afrique lointaine. Des objets ap-

partenant au non moins éminent ambassadeur russe Delonsvki, établi dans la capitale depuis une quinzaine de jours.

Paris, pourtant aguerrie contre les attaques perpétuelles de ces femmes qui se tiennent à rythme régulier, n'a pour l'instant pas réussi à les intercepter. Il faut dire qu'on se demande même si ce ne sont pas des hommes qui se cachent derrière ce fameux symbole de papillon que les habiles voleuses sèment sur leurs scènes de vols, tant les méthodes semblent dépourvues de féminité : coffre-fort perforé au pied-de-biche, fenêtres du cinquième étage brisées en pluies de verre… Seuls quelques témoins malheureux, car démunis et dérobés, ont affirmé avoir entraperçu de longues chevelures et des jupons pouvant sans le moindre doute attester que des femmes se cachent derrière ces malfrats. Reste à espérer que la police saura mettre un terme à ces larcins et faire revenir à la raison les femmes de Paris.

Votre dévoué reporter, Gildas Laveine
***L'Éclair*, 15 août 1922**

Depuis plusieurs mois, ce groupe fait frémir la ville en volant aux hommes riches, objets et argent. Dans quel but ? Et qui en est l'instigateur ? Personne ne le sait. Mais Emma, comme bon nombre de Parisiennes, suit avec avidité ces délits nocturnes.

Le téléphone mural émet une sonnerie stridente semblable à celle d'un train arrivé en gare. Emma repose le journal et se lève pour décrocher l'appareil. De l'autre côté du fil se trouve Alice, qui enroule le sien autour de ses doigts. Un clapotis se fait entendre. L'opératrice établit la communication, puis, une voix si éloignée qu'elle pourrait appartenir à une joueuse de hockey de l'autre côté de l'Atlantique, arrive aux oreilles de la jeune femme.

— Emma, c'est moi. Dieu soit loué ! J'ai de la chance de tomber sur toi.

— En effet, Edmond n'est pas là. Club de cartes.

— Et toi, tu as rendez-vous.

— Et avec qui ?

— Moi, pardi ! Et Léontine. Je passe la chercher chez elle. Mais comme tu possèdes cette merveilleuse invention favorisant la communication, j'ai préféré te joindre par ce biais.

— Dis plutôt que tu adores téléphoner.

— J'adore ça, ça me donne des airs de diva.

— N'en fais pas trop.

— Tu exagères. Surtout qu'un vieux au chapeau melon me souffle dans la nuque en attendant son tour. C'est très désagréable, oui monsieur, même si vous avez le double de mon âge, je ne vous dois rien, je ne vous connais pas. Emma, retrouve-nous dans une vingtaine de minutes à la maison de couture.

— Tu y travailles encore ?

— Bien sûr ! Ils ont besoin de femmes comme moi, dynamiques et espiègles, avec un goût certain pour les nouvelles tenues à la mode.

— Que veux-tu que j'aille faire là-bas, et si Edmond revient ? s'inquiète Emma.

— Tu lui diras que tu es allée admirer une exposition passionnante sur la photographie. Tu aimes toujours autant l'art, n'est-ce pas ?

— Et s'il me pose des questions ?

— Dans ce cas, tu sauras y répondre, car tu seras vraiment allée voir cette exposition.

— …

— Emma ! Mon crédit de jetons arrive à terme. Je t'attendrai là-bas !

Ambiance survoltée dans la maison de couture. Tout le monde s'agite. Des paillettes brillent au mur. On se croirait aux États-Unis, sur un plateau de cinéma à Hollywood. Du moins, c'est l'image qu'Emma s'en représente. Elle n'a jamais quitté Paris.

Après avoir jeté un long châle sur ses frêles épaules,

attaché ses cheveux avec des pinces, remonté la ligne de métro, fait claquer ses talons sur le parvis, et donné son sac à un valet de salle, elle se trouve maintenant dans une immense pièce au plafond voûté et aux lustres incrustés d'une pluie d'étoiles. Elle repère aussitôt ses deux amies :

Léontine fait la causette avec un photographe. Il possède un de ces nouveaux appareils à plaque de verre de la marque Stella. Alice revient du bar, et lui apporte un cocktail à la couleur suspecte dans un verre de cristal.

— Je te présente « L'enchanteur », il nous arrive tout droit d'Amérique.

— Qu'est-ce que c'est ?

La jeune femme brune, sceptique, hume le parfum sucré de la boisson et mélange de sa cuillère d'argent la liqueur.

— Une alliance d'alcools, de sucre, d'épices et de bons procédés. Bois, c'est délicieux.

Emma trempe ses lèvres dans le breuvage, qui remontent en une grimace.

Soudain, un orchestre se met à jouer une mélodie en *ré* mineur, une adaptation de la célèbre chanson de Maurice Chevalier, *Dans la vie faut pas s'en faire.* Le brouhaha des voix se tait et deux hommes en costumes sombres font leur entrée dans la salle, bientôt suivis par des applaudissements d'intérêt.

— C'est lui, c'est Man Ray, lui glisse subrepticement à l'oreille Alice, en désignant du menton le plus grand des deux.

Le photographe et peintre est venu présenter ses nouvelles photographies de mode de la collection d'été de Paul Poiret. Sa renommée a traversé l'océan et le couturier a trouvé là un moyen de rendre compte de ses tenues de manière spectaculaire. Les deux hommes sont entourés de deux modèles élégamment vêtus mais de courte façon. Gesticulant avec manière à leurs côtés, elles invitent ensuite la foule à les suivre dans une autre pièce, au décor sobre mais réjouissant. Des affiches de publicités sont placardées au mur et d'étranges panneaux recouverts d'un voilage noir parsèment le lieu qui s'avère être un long couloir. Emma suit le mouvement. Léontine les a rejointes. Bientôt, le voilage laisse place à d'impressionnantes photographies dévoilant des femmes aux tenues étonnantes. C'est avec admiration que les jeunes filles découvrent les créations du couturier. Les commentaires pleuvent alors que les cocktails se vident. La soirée s'annonce particulièrement réussie.

— Qui est cette jeune femme qui colle ainsi le photographe ? demande Léontine à Alice.

Rien ne lui échappe.

— Son amante, je crois. « Kiki », on l'appelle. Ne sois pas choquée, Emma, tout le monde a des amants.

La jeune femme referme sa bouche arrondie par la surprise. En public, en plus.

— Pas moi.

— Ça viendra !

Alice prend ses deux amies par le bras et les entraîne le long des panneaux.

— N'est-il pas outrageux, celui-ci ?

Une femme, vêtue uniquement d'un short de bain et d'un dos nu, pose sans scrupule sur une place.

— Deauville, 1920, lit Léontine.

— On ira ? s'exclame Alice.

— À la plage ?

— Oui, avant la fin de l'été. Allez dites-moi oui !

— Il faut que j'en parle à Edmond, conditionne Emma.

— Tu sais très bien que si c'est le cas, tu ne viendras jamais, il est si vieux jeu.

— Alice ! la gronde la jeune mariée.

— Oh très bien, il vous reste quelques semaines avant la fin des beaux jours, faites-moi signe.

Et Alice disparaît dans la foule, arguant au passage un serveur pour un nouveau cocktail.

— Ça pourrait nous changer d'air, non ? propose Léontine.

— Il est hors de question que je porte cette tenue ridicule.

— Et comment feras-tu ? Tu le seras d'autant plus, habillée d'une robe élégante sur le sable fin. Ils font de nouvelles tenues de plage délicates dans les boutiques aujourd'hui. Alice saura t'en dénicher une. Allez, retournons voir des photographies moins controversées.

Avec un rire taquin, les voilà qui fendent la foule dans l'autre sens. Tous ont revêtu leurs plus beaux habits pour cette exposition, sont émus devant ces modèles, ces créations. Emma est fascinée, elle aussi. Il y a quelque chose de résolument moderne dans ces photographies. Elles subliment le vêtement.

Oui, la jeune femme aime l'art. Même si elle ne l'avouerait pour rien au monde à son mari. Ce serait une faiblesse. Elle l'a toujours trouvé séduisant, intelligent, et pour bien paraître face à lui, elle avait les atouts du charme, de l'habillement, du rire facile et d'un sens de l'adaptation. Il aimait les automobiles, elle s'est dite fascinée par ces nouveaux véhicules. Il idolâtrait la cuisine, elle a pris des cours en secret pendant la guerre grâce à Odile, la voisine d'en face qui travaillait dans la même usine qu'elle. Elle s'est mise à la tapisserie, au rangement. Pour lui. Elle lit, mais des livres qui l'ennuient, imposés par son mari et ses amis du club de cartes. Alors, quand il est rentré de permission en 1917 et qu'il l'a demandée en mariage, elle a dit « oui », évidemment. Elle avait enfin ce qu'elle avait toujours voulu. Pourtant, le monde d'Alice a l'air si joyeux, prospère, coloré et vivant, en comparaison.

La bouche mouvante de Léontine ramène Emma à la réalité.

— Je vais essayer de l'interroger. Pour *Le Petit Parisien*. Si je publie un article sous mon nom de garçon, j'aurai quelques pièces en poche, pour le loyer tu vois…

— Oui, acquiesce Emma en suivant le regard de son amie, dirigé droit vers le photographe star de la soirée, Man Ray.

Emma est toujours gênée quand Léontine et Alice parlent d'argent devant elle, qui n'en manque pas. Pourtant, parfois, elle aimerait être comme elles. Se démener avec passion pour vivre.

— Tu parles américain ? demande Emma au sujet de l'entretien.

— Il a bien des traducteurs.

Léontine s'élance alors sans hésitation vers le créateur. Elle sort de la poche de sa jupe-culotte, vêtement qui se rapproche le plus d'un pantalon par les temps qui courent, un carnet à spirales et un crayon de papier tout en formulant deux-trois questions à son attention. Emma reste les bras ballants. Elle entend quelques mots de réponse dans une langue étrangère.

— *My creativity lies in the process of invention which I always look to bring forward. That's all. Do you believe in modernity, young girl?*

Emma s'éloigne, ne veut pas les déranger. Les photographies défilent sous ses yeux. Ainsi que les robes des demoiselles et des dames. Vaporeuses, raffinées, pailletées.

Après un dernier tour et une dernière gorgée, elle rejoint son foyer, sa longue silhouette se traînant, bien que le soleil soit déjà couché et qu'on lui ait appris à accélérer à la nuit tombée. Ce soir, elle a encore des relents artistiques de la fête dans sa tête, elle se les remémore. Elle profite.

Les rues de Paris sont silencieuses. Forcément, Emma n'emprunte que les petites allées pavées. Elle lève les yeux au ciel : comme elle aimerait vivre sous les toits rien qu'une fois, pour observer les étoiles, siroter un cocktail assise sur la fenêtre, écrire des poèmes et dessiner les oiseaux perchés sur le rebord. Elle dépasse la façade du n°31 de la rue Turbigo, ravagée par les avions allemands en 18, et arrive bien trop vite devant le porche de sa maison. Ses rêveries s'estompent.

Ses pieds lui font mal, sa robe est souillée par la boue de la pluie de l'après-midi, son chignon est tombé. Elle le replace, pince ses joues, cambre sa taille et pénètre dans le hall d'entrée.

Edmond est là, il est revenu plus tôt.

— Tu étais où ?

Emma balbutie, n'a pas pensé à réfléchir à un mensonge. Son mari n'aime pas les cachotteries, ni ses sorties nocturnes imprévues. Il la veut rien que pour lui.

— Tu ne réponds pas ?

Emma baisse la tête.

— Je suis allée prendre l'air et je suis tombée sur une exposition. Sur un défilé de mode.

Edmond la fixe, un peu trop sévèrement. Ses poings se serrent, il se lève et bombe le torse.

— Ne refais plus ça sans m'avertir au préalable.

Il quitte la pièce en claquant la porte. Emma respire à nouveau. Elle a de plus en plus de mal à concilier ses devoirs conjugaux et ses sorties avec ses amies. Ne pourraient-ils pas s'entendre, tous les trois ? Elle s'écroule finalement sur le fauteuil de l'entrée, repliant ses genoux jusqu'à son menton.

4

Le coup de feu pimente l'air de son odeur de poudre. Alice se cache les yeux et le nez avec ses mains d'enfant. « C'est rien, c'est loin d'ici, t'en fais pas ma caille », la rassure son père. Un sourire éclaire son visage : c'est vrai, ils sont en sécurité ici, tous les trois. Son père lui a promis. Il ne les laissera jamais pour partir au combat. Soudain, il se met à tousser, il ne peut plus respirer, ses mains tremblent. « Papa, papa, qu'est-ce que tu as ? » « C'est rien ma caille, c'est rien. » Alice voit bien que son sourire sonne faux. Elle voit aussi la lettre qui dépasse de sa poche, et bien qu'elle n'arrive pas à la lire, elle discerne la gravure qui fait peur, celle avec des petits drapeaux qui flottent au vent. La même que sur les portes de l'école. « Il faut que tu partes papa, c'est ça ? » Son père renifle. « Ils nous ont donné deux jours pour nous mobiliser. On peut faire plein de choses en deux jours Alice, tiens, et si tu me dansais quelque chose ? »

Alice ouvre les paupières, le souffle court. Un mauvais rêve, encore ! Elle se retourne sur la banquette élimée de l'unique pièce de leur habitation et aperçoit sa mère en train de dormir en respirant bruyamment. Quelle heure est-il ? Il fait encore nuit dehors. La jeune femme allume une bougie et les ombres de la pièce se réveillent.

BOUM. « NON ! » CRAC. Le cœur de la jeune fille s'affole. Elle colle son œil au soupirail mais le bruit semble provenir du dessous. Elle entend des éclats de voix et des objets qui se cassent. Fronçant les sourcils et passant une laine autour de ses épaules, elle décide d'aller voir. L'appartement de l'étage inférieur est occupé par une voisine qu'elle ne croise que très peu, une grande et belle jeune femme sûre d'elle qui parfume de notes fruitées le couloir à chacun de ses passages. Alice veut s'assurer qu'elle va bien.

— Alice ?

— Rendors-toi maman, ce n'est rien, je vais faire un tour.

Les marches des escaliers sont glissantes d'humidité malgré les belles journées d'été. Une bougie à la main, Alice frappe à la porte n°3. Des bruits de talons se font entendre et un visage éploré apparaît.

— Tout va bien ?

— Oh ! Ma pauvre fille. Émilie. Elle a…

La voisine s'effondre sur le seuil de la porte, des larmes ruisselant sur son visage pâle.

— Ils l'ont emmenée. C'est une erreur, ce n'est pas une méchante fille, elle aime juste les belles choses. Vu son passé c'est normal. Mais je n'aurais pas pensé que… Elle paie pour moi. Oh Émilie !

— Eh ! Calmez-vous, dites-moi ce qu'il s'est passé.

— Des ravisseurs l'ont emmenée. J'ai entendu du bruit, me suis précipitée, mais ils l'ont enlevée. Mon enfant.

La femme parle avec un fort accent russe, et Alice met du temps à comprendre chacun des mots. Toutefois, elle perçoit dans sa voix la détresse de la disparition de l'enfant. Après la révolution en Russie en 1917, qui renversa la dynastie des Romanov, beaucoup d'immigrés ont rejoint Paris. Cette femme en fait sans doute partie.

— Il faut aller voir la police, propose Alice.

— Non, non, je ne peux pas.

La voisine se lève pour disparaître quelques instants dans l'habitat d'où Alice n'aperçoit qu'un porte-manteaux poussiéreux inoccupé et un tableau d'art abstrait cloué au mur, signé Sonia Delaunay. Elle revient pour lui tendre un papier d'une main tremblotante. C'est une demande de rançon. Une somme faramineuse pour les habitants d'un bâtiment défraîchi tel que celui-ci, caché au fond d'une impasse miteuse.

— Où vais-je trouver une telle somme ? renifle-t-elle.

— On va vous aider, propose Alice.

— Vous êtes bien mignonne mais je sais que vous avez du mal à joindre les deux bouts : avec votre mère, votre emploi et vos activités.

Alice ouvre la bouche, puis la referme. La femme semble l'avoir bien cernée. Dans un petit immeuble, même sans adresser la parole à ses voisins, il est facile de reconstituer leur emploi du temps. Mais tout le monde a des secrets.

— Avez-vous des indices sur le ravisseur ?

— Des empreintes de bottes d'hommes, des jurons dans votre langue, aucun respect pour le mobilier : un malandrin qui veut gagner quelques sous.

— Beaucoup d'argent à ce prix-là.

— Qui ne tente rien n'a rien.

— Ne vous inquiétez pas, nous allons la retrouver, votre Émilie.

— Merci.

— Je m'appelle Alice.

— Je sais. Ivna, se présente-t-elle.

Derrière les larmes, Alice aperçoit des yeux rieurs. Les deux jeunes femmes se dévisagent quelques instants.

— Rentrez dormir, je vais me débrouiller.

— Je reviens vous voir dès que je peux ! s'exclame Alice.

Ivna acquiesce. Referme la porte en poussant un long soupir. Comment peut-on arracher une petite fille à sa mère en pleine nuit ? À Paris ? Les hommes n'ont-ils pas eu assez de malheurs avec la guerre ?

Alice remonte vers son logement. Elle est parfaitement réveillée à présent. Elle décide de s'habiller pour se rendre aux Halles à l'ouverture, elle aura plus de chances d'avoir des produits frais et la crémière lui échangera peut-être un pot de crème contre une chanson. « T'as une si belle voix, ma p'tite », la complimente-t-elle souvent.

Quand elle reviendra, elle réveillera sa mère, Aimée, et s'occupera d'elle, comme chaque jour : lui fera faire le tour de la minuscule pièce pour l'exercice physique, lui frottera les dents, lui donnera son petit-déjeuner, brossera ses cheveux, fera chauffer l'eau pour la bassine, la laissera se laver, barboter, sécher, et la replacera dans son fauteuil. Enfin, elle pourra aller travailler, sereine. Quand elle rentrera, ce soir, que sa mère sera endormie, elle s'autorisera peut-être à sortir et à s'amuser. Pour profiter. Depuis quatre ans, elle a une furieuse envie de vivre, de faire des choses qu'elle ne se serait pas permises avant. Une envie de liberté.

5

Le café est situé à quelques pas de la rue du Louvre. Le Café de l'Après.

Après quoi ? s'interroge Léontine en franchissant son seuil, armée de sa seule musette remplie de papiers, de journaux froissés et d'un stylo à encre. Comme si ce café avait une histoire, mais qu'il ne laissait entrevoir que la suite, que la fin. Elle-même choisit chaque jour d'avancer, pour aller toujours plus loin, vers son destin, vers l'après. C'est pour cette raison qu'elle s'est décidée à venir rencontrer ces femmes au dernier moment.

À l'intérieur, des fauteuils molletonnés sont disposés autour de petites tables rondes recouvertes d'un tissu vaporeux. À cette heure-ci, les clients mangent, enroulant autour des dents des fourchettes le céleri rémoulade. En fond sonore, le tourne-disque diffuse le *Montmartre Rag*, enregistré en mai dernier à Paris par les Mitchell's Jazz Kings.

Dans un recoin, Léontine aperçoit celles qu'elle vient rencontrer. Elles sont une dizaine. De tous âges. Les boissons chaudes fument. Froissement de papiers de bonbons et senteur de haricots à la vinaigrette. Léontine reconnaît celle qui l'a abordée dans la rue. Elle lui fait un signe de la main. À son arrivée, les voix se taisent pour laisser la nouvelle venue prendre la parole.

— Bonjour tout le monde.

— Ravie que tu sois venue, lui dit avec un clin d'œil Victoire, la femme qui l'a invitée.

Léontine ne sait pas quoi dire, intimidée par l'aura du moment. Elle prend le temps de s'asseoir, de commander une boisson pour se donner une contenance. En quittant ses lèvres, sa tasse laisse une marque de lait sur le coin inférieur de sa bouche, qu'elle essuie d'un revers de main.

— Léontine, c'est ça ? Moi c'est Antoinette. Victoire nous a parlé de toi, commence la femme à sa droite, une quinquagénaire à la peau marquée par des cicatrices discordantes. Tu écris ?

Il est temps de se présenter.

— Oui je… J'ai aidé les infirmières à soigner les blessés pendant la guerre. J'étais jeune, innocente, capable de me faufiler partout. Ainsi, beaucoup de mutilés m'ont fait passer des messages, des lettres. J'étais très curieuse, je le suis toujours, dit-elle en rougissant. Je n'ai pas pu m'empêcher de lire ces notes, de poser des questions. Alors j'ai commencé à écrire des papiers pour dénoncer certaines choses et être payée pour cela. Il fallait bien. En signant Léontine, on ne me prend pas au sérieux, j'ai donc raccourci mon prénom en Léon. Aujourd'hui, je crois que je m'intéresse aux femmes, à nous, nos droits, nos envies.

Elle s'interrompt en dévisageant la petite assemblée qui acquiesce à sa présentation.

— Qu'attendez-vous de moi exactement ?

Les femmes jettent des œillades aux clients du bistrot. Victoire se penche vers Léontine en chuchotant :

— Nous cherchons un coup de pouce, une nouvelle alliée.

Elle a un regard déterminé qu'elle tourne vers sa voisine de gauche.

— Ivna, veux-tu ajouter quelque chose ?

La grande jeune femme se présente à son tour, des larmes discrètes aux coins des yeux.

— Moi c'est Ivna, je suis née en Russie et je suis arrivée en France pour danser à l'Opéra de Paris et rejoindre le père de ma fille. Mais ce goujat était déjà allé voir ailleurs. J'ai dû me débrouiller par mes propres moyens, s'exprime-t-elle avec un trouble non dissimulé.

À ce moment-là, j'ai rencontré Victoire et Antoinette. Nous avons élaboré un hebdomadaire aux journalistes entièrement féminines. Nous laissions la parole à celles qui ne l'avaient pas. Nous écrivions sur la guerre, mais aussi sur la libération, l'amélioration du sort des travailleurs, et l'intégration des femmes étrangères dans les professions. Nos confrères masculins ont vu la concurrence d'un mauvais œil…

— Notre place était à la maison, selon eux, continue Victoire. Ils se sont appesantis sur nos mains qui s'abîment à écrire et taper. Les leurs ont le droit d'être ridées et amochées, mais pas les nôtres ?

— Le journal a fait faillite. Avec les on-dit des autres canards, les gens ont eu peur de nous lire, finit Antoinette.

— Vous voulez donc fonder un nouveau journal ?

— Non, la coupe Victoire, nous voulons plus. Nous voulons le droit de vote, le droit à la contraception, la lutte contre les violences, l'égalité avec les hommes… Un philosophe grec du nom d'Aristote nous a qualifiées « d'inférieures », il y a des milliers d'années. Combien de temps faudra-t-il encore attendre pour accéder à une égalité pleine et entière ?

Léontine hoche la tête. Tout ce qu'évoquent ces femmes lui parle. Elle a l'impression d'avoir toujours voulu être là, assise avec des personnes qui, comme elle, veulent tout changer. Qui ont les mêmes idées, les mêmes envies. Et ça fait un bien fou.

— Il s'agira d'oser montrer qu'on existe. Dans la rue, devant les hommes. Certaines d'entre nous manifestent mais peu sont prises au sérieux. À plusieurs, nous aurons plus de poids.

Léontine déglutit. Elle se sent happée par la ferveur du moment. Elle roule les épaules et inspire une brume de lait nappée d'oxygène.

— J'aimerais changer les choses, en effet.

— Tu es avec nous, alors ?

— Je ne sais pas vraiment ce que je peux vous apporter de plus.

— Oh, j'ai vu tout de suite dans tes yeux la fièvre d'agir, lui apprend Victoire avec un clin d'œil complice.

— Tu devras prouver que tu peux faire partie de notre groupe, mais rien d'insurmontable, rassure-toi, intervient Ivna.

— Et nous avons déjà quelques projets en cours auxquels tu peux prendre part. Nous t'enverrons une adresse, tu viendras et tu verras si tu te sens à l'aise. Qu'en penses-tu ?

Les autres femmes du groupe sont étrangement muettes, ce qui accentue les battements de cœur de

Léontine. Elle est à la fois ravie et sur ses gardes. Mais pour une fois, elle se sent utile, même si elle est face à l'inconnu. Elle finit d'une lampée sa tasse et la repose dans un bruit sourd sur la table.

— Bien. Je suis avec vous.

Victoire pousse une exclamation de joie. Ivna hoche la tête puis se lève bruyamment.

— Excusez-moi, je dois y aller. Des affaires personnelles.

— Courage, articulent les filles autour de la table.

Dans un bruissement de jupe, Ivna quitte précipitamment le café. Léontine se dit que ces femmes endurent tellement au quotidien. Elle veut leur apporter un peu de soutien. Avec ses talents, aussi minimes soient-ils.

Les grincements, le tchou tchou, le tadadadoum du train les bercent. Léontine a le front appuyé contre la vitre et écoute ces bruits parasites qui participent au voyage. Le train file à travers la plaine. Les paysages changent en quelques minutes. L'herbe verte, les arbres au bois cassé par la chaleur, les vaches qui paissent. À ses côtés, Emma et Alice discutent en continu du prétendant de la semaine de la jolie blonde : Marius. Emma est fascinée par l'approche de la jeune fille. Elle l'imagine dansant, ondulant dans une élégante robe de satin à paillettes lors des soirées tango au Monico le samedi soir.

— Je l'ai aperçu au bar, sirotant un de ces nouveaux cocktails à la mode. C'est sa tenue de colonel badgé qui m'a attirée. Puis son sourire et sa moustache élimée.

Alice raconte avec entrain la rencontre, s'aidant de ses mains pour décrire la scène qui en devient aérienne. Léontine essaie de se raccrocher à la conversation qui prend des allures de folle virée nocturne au bras du bel inconnu, mais ses pensées sont ailleurs.

— Ce trajet est si long, se plaint soudain Alice, à court de péripéties à narrer. Alors Léon, tu as pris le costume de bain que je t'ai conseillé ?

La journaliste relève la tête.

— Oui. D'ailleurs, le vendeur de la boutique m'a regardé d'un drôle d'air, comme si les femmes n'avaient pas le droit de se vêtir d'un maillot de bain.

— Il n'est pas censé savoir que tu passes la journée à la plage, murmure Emma, pragmatique.

— Il n'a surtout pas à s'interroger sur ce que je fais ou non de mes temps de repos. Il doit probablement se dire que je ne travaille pas, que je suis bien sagement à la maison à prendre soin de mon homme. Bien que je n'aie rien contre ça, ajoute précipitamment Léontine à l'attention de l'épouse du groupe, qu'elle sait dévouée à son mari.

L'époux d'Emma n'est pas très apprécié par Léontine et Alice. Elles l'ont rencontré une fois. Dans un café-concert, sur une idée d'Alice qui voulait absolument faire connaissance avec celui qui faisait battre le cœur de son amie. Mais Edmond est apparu comme autoritaire, désagréable et n'appréciant pas la musique et la fête. Après cela, il a interdit à Emma de revoir ces « jeunes femmes dépravées ». Même si Emma leur assure que désormais il est revenu sur ses propos, Léontine sait qu'elle lui cache la teneur de leur amitié et ne lui révèle pas toutes ces fois où elles se donnent rendez-vous. Pour cette journée à la plage par exemple, Edmond croit probablement Emma en visite chez sa mère. C'est d'ailleurs grâce à lui que les filles ont pu obtenir des billets de train à moitié prix. Il a des contacts dans les transports avec son travail, et Emma en profite.

— J'ai pris de la crème après bain.

Alice fouille dans son sac à rayures, si grand qu'on pourrait y stocker son appartement entier. Elle en extirpe une fiole ronde au bouchon dévissable. Une odeur d'huile exotique s'échappe du flacon à son ouverture.

— Une lichette sur la peau pour un toucher velours, glousse Alice.

— Ces nouveaux produits font fureur auprès des familles bourgeoises du club d'échecs, indique Emma.

— Je croyais que tu ne mettais plus les pieds à l'institut ?

— Je suis bien obligée de temps à autre, mon talent pour les échecs est tellement faible qu'Edmond se douterait de quelque chose.

— Tu mènes une double vie Em' !

— Mais non !

Alice prend Emma par le bras et lui affirme que si, alors que la jeune mariée s'évertue à lui démontrer qu'elle est honnête et respectable. Léontine les laisse badiner. Il en sera toujours ainsi.

Les ronflements du train se font de moins en moins bruyants, de plus en plus cahotants. Elles arrivent.

Deauville est connue pour son aura chic, ses transats rayés et surtout pour son étendue d'eau infinie, qui la pousse à accueillir pour une journée ou un week-end des familles et amis en quête de liberté, ou des couples à la recherche d'une destination romantique. Après avoir traversé la ville pour rejoindre la plage, Léontine, Emma et Alice prennent leur place sur le sable frais. C'est un vrai défilé de jeunes femmes en maillots à la mode et de parasols colorés plantés autour. Pendant que les femmes sont sur la plage, les gentilshommes jouent aux cartes dans les cercles sur les terrasses.

Léontine n'est d'abord pas très à l'aise, mais se fond dans le rang. Elle sait qu'ici se trouvent les nouveaux Parisiens nantis, les enrichis de la guerre et d'après. Chacun est mis à nu. Plus de chapeau ni de belles robes. Ces petits bouts de tissus qu'elles portent aujourd'hui rendent l'égalité parfaite entre toutes ces femmes. Et ça plaît à Léontine. Elle a économisé tout ce qu'elle avait pour s'offrir une assise sur un carré de poussière brune.

Les embruns lui collent à la peau, elle lèche ses lèvres pleines de sel. La mer !

Elle ferme les yeux, ressent le vent, n'entend plus les pépiements autour. Elle est seule. Se sent vivante. C'est l'été. Elle a des amies, un travail, même deux. Elle n'abandonnera rien. Elle se le promet. Pour une fois, elle ne pense plus à son quotidien, dans les rues, à se battre pour quelques billets.

Pendant que certains se jettent à l'eau, elle observe les vagues aller et partir, mouillant les corps entiers de certains, effleurant ses orteils. Elle pose sa tête enrubannée sur ses genoux, laisse le sable glisser entre ses doigts. Elle s'accorde une pause. Après ces années de frénésie.

Rapport de police

<u>Note à caractère urgent :</u>

La Brigade policière à l'attention des forces de police nomme : Monsieur Rodolphe Le Seel, responsable de l'enquête sur celles qui se font désormais appeler « Les Papillons Noirs ».

Nous avons été informés d'un nouveau vol au sein de la bibliothèque du Cardinal, homme ayant fait parler de lui pour les coups et blessures portés sur Mademoiselle Delasalle lors d'un office.

Objet du vol : un livre rare et précieux qu'il est urgent de retrouver.

Nous prions Monsieur Le Seel d'agir dans la plus grande discrétion et lui donnons les moyens financiers et humains pour réaliser cette mission.

SEPTEMBRE 1922

6

Alice, vêtue de noir et les cheveux brillants ombragés par un chapeau à large bord, entre avec assurance dans le Café de l'Après. Elle rejoint sur une banquette son amie Léontine, qui relève les yeux de ses papiers pour l'accueillir en reposant le crayon qu'elle mâchouillait alors.

— Salut, la catherinette.

— Sympa cet endroit, comment tu connais ? s'enthousiasme Alice.

— Oh, quelqu'un a dû m'en parler. Et la musique, tu entends ? C'est du jazz, est fière d'annoncer Léontine.

— Mais oui ! Je suis en admiration devant Coleman Hawkins depuis que je l'ai entendu sur *Radio Tour Eiffel.*

— Je ne m'y connais pas plus que ça, ça vient d'Amérique.

— Et l'Amérique vient jusqu'à nous. Palpitant !

— Oui. Ça change des chansons de Maurice Chevalier…

— C'est bien vrai. Emma n'est pas là ? demande soudain Alice.

— Elle n'a pas pu venir. Edmond.

— Rappelle-moi de ne jamais me marier.

— Tu comptes vraiment rester célibataire toute ta vie ? Moi je ne suis pas aussi radicale, mais je voudrais quelqu'un qui soutienne mes idées, est-ce trop demandé ?

— Je pense qu'il doit encore exister quelques rares spécimens.

— Les hommes bons ne sont pas tous morts, tout de même.

— C'est joyeux ce que vous racontez là !

Le serveur et gérant, l'œil rieur, leur dépose un café fumant. Léontine remue sur sa chaise.

— C'est la vie, au contraire ! s'exclame Alice.

— Elle nous réserve parfois de belles surprises, renchérit le gérant.

— Comme ?

— Une boisson dans un café sympa qui passe de belles musiques.

— Mais encore ?

— Une soirée dansante au Lion d'argent le vendredi soir. Sur une terrasse qui domine Paris.

Les yeux d'Alice s'écarquillent, elle est troublée par cette invitation.

— Tu entends Léon ? Le Lion d'argent ! Cet endroit m'a l'air fait pour nous.

— Je sais pas trop, répond Léontine, mal à l'aise avec cette conversation dont elle se sent exclue.

Alice cherche toujours à sortir, faire la fête. Depuis la fin de la guerre, on dirait qu'elle évacue les difficultés dans la danse, la boisson, la vie nocturne.

— Si ça vous intéresse, je vous donne le mot de passe, renchérit l'homme, haussant ses épaules de colosse, étriquées dans une vieille salopette rouge.

— Oh, une soirée secrète, j'adore ça ! fanfaronne Alice.

Le serveur sourit, tend sa main et se présente.

— Louis. Ravi.

Alice fait de même et le fixe alors qu'il s'éloigne dans un boitillement appuyé, s'aidant d'une canne en bois.

— J'aime de plus en plus cet endroit.

— Alice !

Cette dernière éclate d'un rire cristallin puis se penche pour confier à son amie :

— Le Lion d'argent. J'en ai entendu parler, c'est un club prisé où se donnent rendez-vous les artistes. On y déclame des poèmes, valse et trouve l'inspiration. Il paraît qu'on y distribue du champagne. Il faut absolument qu'on obtienne ce mot de passe.

— Tu n'as qu'à lui demander, il te dévore des yeux, répond Léontine, blasée.

— Ce serait trop facile.

La journaliste lève les yeux au ciel.

— Bon, de quoi voulais-tu me parler ? demande alors Alice, redevenant sérieuse.

— Ah, tu te souviens enfin de mon existence.

— Léon, tu sais qu'il n'y a que toi qui comptes à mes yeux.

— Vu le charme que tu as fait à ce cher Louis, permets-moi d'en douter.

— Les amies seront toujours plus importantes que les maris. Emma ferait mieux de se rappeler ce dicton. Alors ?

Une grimace, une gorgée de café chaud et Léontine évoque enfin ce qui lui pèse.

— Ils n'ont pas voulu de mon dernier article dans *Le Matin*, « trop engagé ». Foutaise ! Jusqu'ici, ils avaient toujours publié tous mes écrits. Si je ne publie rien de la semaine, je ne sais pas comment je vais pouvoir vivre. Il faut que je demande à faire plus d'heures au Cabaret...

— Tu peux toujours écrire des papiers dans *Vogue*, je connais ce cher Alfred, le rédacteur en chef. Il cherche des pigistes. Je crois qu'il est tout à fait ouvert à ce que les femmes s'investissent.

— À quel prix ? Pour parler des femmes, il est fort, mais acceptera-t-il qu'une femme écrive sur une consœur de manière subjective ?

— Tu ne risques rien à le contacter.

— Je ne veux pas écrire des articles prônant uniquement la beauté.

— Il y a des choses intéressantes à écrire sur la beauté. Cela fait partie de la nouvelle mode. Jette un œil à cette rubrique que je lisais ce matin entre deux robes à raccommoder.

Alice sort de son sac un exemplaire chiffonné du dernier numéro du magazine. Elle fait glisser les pages glacées entre ses doigts et s'arrête, l'index en l'air.

— Ah, voilà !

Le dernier chic, actuellement, pour une femme élégante, c'est d'être d'une minceur sensationnelle. Il faut essentiellement être grande, élancée – ou, tout au moins, le paraître.

— Ça vient d'Amérique cette idée, non ? Chaque femme a son propre corps, comment peut-on prôner une morphologie particulière ? Il faut que je me documente sur la question. Même si la beauté n'est pas mon sujet de prédilection.

— Certes, Léontine, mais il faut parfois se renouveler pour avancer. Il y a d'autres thématiques à aborder, le sport, par exemple. Ou le maquillage. De plus en plus, dans les soirées, aux cafés, les femmes sortent maquillées. Tu as sans doute remarqué !

— Je sors beaucoup moins que toi.

— Il faut changer ses habitudes. D'ailleurs, cette idée de minceur me plaît bien. Et comme c'est la mode, je vais probablement m'y mettre.

— Tu ferais n'importe quoi juste parce que c'est la tendance, n'est-ce pas ?

— Tu me comprends bien.

— À ton instar, je souhaite défier cette tendance, parler de ce qui ne se voit pas.

— À ton aise, ronchonne Alice.

— Je pourrais évoquer le droit de vote, réfléchit Léontine, un doigt sur son menton. Un sujet sur les femmes, dans un magazine lu par des femmes.

— Je ne sais pas si *Vogue* parlerait du droit de vote, mais ça te ferait une rente supplémentaire d'évoquer n'importe quel sujet qui plaît aux femmes aujourd'hui. C'est déjà bien. Demande-moi, si tu n'as pas d'idées. Que dirais-tu de venir dans les cafés-concerts avec moi et de devenir un véritable reporter ? Inspire-toi sur place. Au Lion d'argent, par exemple. Si on arrive à entrer. Tu écrirais une chronique des femmes d'après-guerre. Des nuits mondaines.

— Pourquoi pas.

— Oui !

Alice saute de joie. Des hommes pivotent dans sa direction, visiblement gênés par son attitude exubérante.

— Mille excuses.

Un sourire et Alice est toute pardonnée. Il y en a qui ont l'art.

— Quand puis-je le rencontrer, cet Alfred ? demande Léontine.

— Je lui en parle au plus vite. J'ai une autre idée : pourquoi tu ne revends pas tes vieux journaux ? Le maraîcher prend un franc cinquante par feuillet pour envelopper ses fruits et légumes.

— Ah oui, c'est une bonne idée.

— À part ça, regarde ce que j'ai apporté. Ça provient des fonds de commerce d'un ami.

— Tu as des amis bien placés.

— N'est-ce pas ?

Elle sort un étui noir, qu'elle ouvre délicatement. Les deux femmes y admirent un cylindre de papier rempli de feuilles végétales roulées. Alice le fixe à un fume-cigarette en argent, qu'elle porte ensuite à ses lèvres.

— Mais ce n'est pas pour les hommes ?

— Ce que tu peux être prude, les femmes aussi ont le droit de fumer, essaie.

Elle imagine une grosse masse de fumée noire et âcre envahir les poumons de son amie, se frayer un chemin parmi ses organes, puis remonter pour être recrachée dans un souffle. Pourquoi s'infliger cela ?

Léontine tousse en inhalant par mégarde la fumée. Un nouveau rire cristallin se répercute dans la pièce.

— Tu prendras l'habitude, c'est le nouveau chic.

— Si tu le dis, marmonne Léontine.

Elle est néanmoins admirative devant la modernité de son amie.

— Un autre café, Louis ! chantonne d'ailleurs Alice, tout à fait à son aise.

En sortant du bistrot, à la nuit tombante, les rues bruissent d'une délicieuse joie de vivre. Les feuilles d'automne recouvrent les trottoirs, aussitôt balayés par les hommes-balais. Les talons des femmes jouent leur mélodie sur le pavé. Depuis la fin de la guerre, on sent un renouveau, même l'hiver paraît beau.

Alice replace son chapeau et marche en sifflotant. Un privilège masculin jusqu'alors, que la jeune femme s'est octroyé.

Le soir, Paris est devenu un théâtre : il suffit de connaître les bonnes adresses, et les portes révèlent des paradis de jouissance. Une robe à sequins, qu'elle a la chance de louer à bas prix avec son travail, un air de jazz, un beau parti et les clubs dansants lui font tourner la tête.

Il faut qu'elle y emmène ses copines un de ces jours. Ne plus faire semblant d'apprécier la compagnie de ces nouvelles riches qu'elle croise chez Nathaniel ou au Sans-souci. Car malgré ses airs de femme moderne, elle peine à finir ses semaines. Mais ce soir, elle décide de rentrer se coucher tôt.

Des silhouettes noires se détachent de l'obscurité et courent silencieusement en traversant l'avenue juste en face. Alice s'arrête et recule sous un porche, le dos collé à la devanture d'une confiserie, à l'angle de la rue traversière. Elle ne sait pourquoi elle se cache, elle a juste conscience que cette course frénétique à laquelle semblent se vouer les ombres a un caractère exceptionnel. Elles sont cinq, à se déplacer silencieusement entre les ruelles. Elles passent devant Alice sans la voir. Seul le porche exigu cache sa silhouette aux yeux des coureuses. La jeune femme se met à les suivre. Elle enlève ses chaussures, en tient une dans chaque main, et leur court après.

Ce sont des femmes, elle en est certaine. À leur démarche, leur galbe et l'exclamation de voix de la dernière lorsqu'elle trébuche sur le pavé d'un trottoir. Rue Parrot puis Émile Guilbert. Désertes. Soudain, elles s'arrêtent. Alice aussi.

En face, un immeuble aux balcons de fer forgé en saillie illumine les rues adjacentes de sa façade dorée. Alice se planque derrière l'unique véhicule au repos pour la nuit. L'œil rivé sous les roues, elle scrute le moindre mouvement. On dirait une voleuse qui attend l'heure de son méfait. Et pourtant, elle a tout le loisir d'admirer la prouesse acrobatique des silhouettes qui s'avèrent, elles, être de parfaites voleuses. Contrairement à Alice, les bas dans la boue.

Elle surprend les formes noires jeter une corde sur le bâtiment. Une construction de deux étages située au-dessus d'un marchand de chaussettes. Fermé. Personne aux fenêtres. À cette heure-ci, Paris dort.

Avec des gestes maîtrisés, l'une des jeunes femmes escalade la façade. Alice n'en croit pas ses yeux. Voilà la cascadeuse déjà arrivée au troisième étage en moins de temps qu'il ne faut pour cligner des paupières. Alice regarde autour d'elle : pas le moindre passant. À moins qu'ils ne soient comme elle, à demi agenouillés derrière une voiture. « Charmant », se chuchote-t-elle à elle-même.

En un claquement de doigts, voilà la vitre qui tombe en milliers de filaments de verre, comme une pluie d'étoiles. Alice s'attend à un bruit assourdissant, mais rien. Les profils féminins restés en bas rattrapent avec agilité chacun des morceaux, jetés par la suite dans un grand sac noir. Puis, alors qu'Alice se demande ce que la plus agile va faire, pendue au 3e étage, la voilà qui réapparaît au rez-de-chaussée, ouvrant délicatement la porte du hall. Les Papillons Noirs. Alice en est certaine. Elle a lu tous leurs actes dans la presse mais ne se doutait pas qu'elles existaient vraiment.

Désormais, elles sont toutes entrées dans le bâtiment. L'espionne ignore à qui appartient cette demeure qui, dès demain, sera plus légère, dépossédée de plusieurs pièces d'orfèvrerie. Elle attend encore quelques minutes, puis, prise d'un frisson, décide de les laisser à leur méfait et retourne sur ses pas pour rentrer chez elle. C'est seulement à ce moment-là que la Parisienne remarque que tous les réverbères de la rue sont éteints. *Prodigieux*, pense-t-elle.

Quelques rues plus loin, après trois étages sans croiser sa voisine et plusieurs tours de clé, la porte gondolée s'entrouvre.

— Alice, c'est toi ?

— Qui veux-tu que ce soit d'autre ?

— De nos jours, on n'est jamais trop prudents.

La mère d'Alice est affalée sur un fauteuil de velours.

Elle ne se lève pas de la journée. Ce qui agace fortement sa fille. Même si elle la sait malade, elle ne peut pas s'en empêcher, elle hait l'état affaibli de celle qui lui a donné la vie. Elle hait la vieillesse, aussi. Et l'amour, le grand amour, qui lorsqu'on le perd, nous anéantit.

C'est ce qui est arrivé à sa mère, autrefois.

Alice était âgée de dix petites années lorsque son père a succombé à la violence d'une pneumonie, alors qu'il était parti au front. Sa mère ne s'en est jamais remise. Et depuis, qu'elle ait dix ans ou vingt ans, chaque jour c'est la même chose. Sa fille prend soin d'elle, matin et soir. Entre le travail et la vie nocturne.

— Cette tenue est indécente, lâche Aimée.

— C'est la nouvelle mode.

Dans un jeté de tissu, Alice fait tournoyer sa jupe longue.

— Tu ne vas tout de même pas te couper les cheveux tout court pour la simple raison que c'est la nouvelle mode.

— Oh, maman ! Tu sais très bien que je fais les choses uniquement parce que ça me plaît avant tout.

— Hum. D'ailleurs, qu'as-tu à me montrer pour égayer mes vieux jours, aujourd'hui ?

— Ah, j'ai peut-être quelque chose.

Sans prévenir, Alice soulève sa chemise. Et entame son discours.

— Le soutien-gorge se fait aplatisseur, désormais. Une simple bande qui enserre notre poitrine, idéal pour des femmes actives, comme moi. Plus pratique, plus seyant.

— Ma fille, quand donc te décideras-tu à utiliser toute cette énergie pour trouver un homme ?

— Quand les poules auront des dents, maman.

— Il suffit. Tu es si jolie…

— Ce ne sont pas les hommes qui ne veulent pas de moi, mais l'inverse.

— Mais pourquoi ?

— Je n'ai pas trouvé le bon.

— Quel bon ? Un gentil garçon, c'est tout ce qu'il te faut. Gentil et intelligent, tant qu'on y est. On est en 1922 tout de même.

— Justement, maman. Ils ne courent pas les rues ces jeunes hommes-là.

— Oh, ne sois pas si défaitiste.

Alice décide de changer de sujet de conversation.

— Tiens, je t'ai rapporté ça, j'ai croisé ton vieil ami Marcel en allant travailler.

La jeune fille tend à sa mère un ouvrage relié rempli d'une écriture manuscrite saccadée et fine.

— Son nouveau livre, m'a-t-il dit. Quel temps perdu !

Passer des années reclus chez lui à écrire… Il attend ton avis.

— Quel talent il a, mon Marcel.

— Mais il commence à se faire vieux…

— Alice !

— C'est vrai ! Allez maman, tu devrais dormir.

— Oui et toi aussi, repose-toi ma chérie. S'occuper de sa vieille mère à ton âge…

— Bonne nuit, maman.

Après un baiser déposé sur son front ridé, Alice rejoint son coin de la pièce, meublé d'une vieille banquette, derrière le lourd rideau qui les sépare, créant un semblant d'intimité.

Elle se déshabille en fixant son reflet dans le miroir. Comme elle a changé depuis quatre ans ! Elle se souvient parfaitement du jour où la fin de la guerre a été annoncée. Les combattants seraient bientôt de retour, les femmes pourraient retourner dans leur foyer, annonçait-on. Mais ce qu'ils ignoraient, c'est que les femmes étaient fières de travailler, de faire partie de la société… Oui, c'est dur et décourageant, parfois, mais c'est vivifiant. Alice était jeune, elle a trouvé un emploi, comme beaucoup de jeunes filles de son âge, pour avoir un peu d'argent. Les hommes manquant, on l'a acceptée malgré sa candeur. Elle a eu la chance de pouvoir coudre, raccommoder des bas effilés, repasser. Dans une maison de mode renommée en plus ! Mais elle y a laissé quelques traits de peau. Moins lisse, plus granuleuse. Ses cheveux sont moins épais, moins brillants. Elle n'a que vingt ans mais la sensation d'avoir vécu mille vies.

7

Elles sont une vingtaine, rassemblées devant le palais du Luxembourg d'où sortiront dans quelques minutes les sénateurs. Elles sont vêtues de noir, tenant fermement, de leurs poings tremblants, des panneaux sur lesquels elles ont mis toute leur rage, leur dépit. Les panneaux sont levés au ciel devant un gribouillis de nuages.

Léontine attend. Le pied trépidant, la main frétillante et la tête bourdonnante. Elle crie de temps en temps quelques mots à l'attention des fenêtres closes. Sur le droit à être diplômées, leurs conditions de vie, ou l'accès à l'argent du foyer. Bien qu'elles soient peu nombreuses, la rumeur est immense et son corps est envahi de frissons. Victoire lui a donné rendez-vous près du palais. Cela fait deux ans que le Sénat doit considérer la question des droits politiques des femmes. Les députés leur en ont accordé en 1919, mais l'aval du

Sénat est nécessaire pour qu'enfin elles puissent voter. Qu'attendent-ils ? En venant ici, Léontine se sent mêlée à quelque chose de grand. Elle est là pour défendre une cause qui englobe bien plus qu'elle-même, toutes les femmes du pays.

Soudain, l'agitation. Ça gronde. Elle sent qu'il va se passer quelque chose. Le ciel s'assombrit comme pour accentuer la colère. Léontine ressert son bonnet de laine sur son crâne, sa voix se mêle à celle des autres, comme un chant de sirène.

Un groupe d'hommes aux costumes surfaits sort du palais.

Aussitôt, les policiers qui entouraient la vingtaine de femmes présentes se resserrent autour d'elles. Ils sentent le danger, eux aussi. Ils sortent leurs armes. La gorge de Léontine se bloque, réveillant une vague inquiétude en elle, et pourtant elle tient fermement son panneau de bois sur lequel elle revendique les droits des femmes.

Soudain, Antoinette se met en avant, hausse le ton :

— Messieurs les sénateurs, accordez-nous au moins cette possibilité de faire partie de la société. Les femmes votent depuis 21 en Amérique et en Allemagne… Évoquez la question entre vous !

— Faites-les taire, hurle un homme au front bas et à

la moustache saillante qui sort du bâtiment en même temps que les autres.

Il semble maintenir une autorité sur les politiciens. Alors que les hommes descendent les marches, une voiture tente de fendre la foule, et les camarades de Léontine sont recalées au bord du trottoir. Elle voit Victoire et Antoinette s'avancer davantage, en tant que leaders du groupe.

— Messieurs, pensez à vos filles, les laisserez-vous en dehors de la société à devoir seulement obéir aux hommes sans jamais pouvoir prendre leur destin en main ?

Un des hommes rougeauds se retourne, visiblement excédé.

— Quel destin ? Vous avez déjà une place de choix dans la société, au foyer. Certaines d'entre vous travaillent, ont des enfants à s'occuper. N'est-ce pas le plus beau des destins ? Que voulez-vous de plus ? Cessez vos caprices et retournez chez vous. Nous avons des questions plus importantes à traiter au parlement que ces frivolités.

— Jean-Victor, allons-y, intervient l'un de ses acolytes.

La rumeur enfle.

Victoire se tourne vers celles qui l'entourent, la colère au bord des lèvres.

— Les femmes ont un seul droit : la parole. Servons-nous-en !

« Droit de vote aux femmes, droit de vote aux femmes. »

Dans un seul et même tenant, leurs voix gonflent et encerclent la place. Mais c'en est trop pour ces hommes. L'individu à la moustache fait un signe de tête aux policiers et tout change. Ils se mettent à courir vers elles. Les femmes crient, certaines sont arrêtées. Leurs cheveux sont pris pour des cordes que les hommes tirent sans scrupule. Les femmes se mettent à fuir, à prendre la direction de la rue pavée accolée au palais. Mais Léontine est petite, la marée humaine qui reflue vers elle l'avale, elle se retrouve à terre, roulée en boule. Ce sont ses reins qui prennent les coups en premier. La matraque s'abat sur elle. Comment peut-on battre une personne à terre, fragile et innocente ? Elle sent la douleur, mord sa lèvre, goutte le sang entre ses dents. Pourquoi s'en prennent-ils à elles ? Elles n'ont rien fait, ne font que s'exprimer.

— On se casse ! entend-elle crier.

Et une main l'attrape, la soulève. Main dans la main, malgré la douleur, elles se mettent à courir, son pouls s'emballe. En quelques minutes, elles trouvent refuge sous un porche. Et Léontine reprend son souffle. Victoire est à ses côtés. Elles se regardent puis éclatent de rire :

— Tu as vu sa tronche, il en aurait avalé ses dents.

— C'était moins une, surtout.

— Il ne faut rien lâcher.

— Rien lâcher.

Le Café de l'Après est bondé. Léontine y retrouve Victoire et Antoinette.

— Alors, qu'as-tu pensé d'hier, Léontine ? lui demande celle qui l'a abordée au journal.

— Eh bien, c'était… intéressant. Je pense que plus on sera nombreuses, plus on parviendra à changer les choses.

— Exactement ! Hier nous a prouvé qu'ils ne veulent pas écouter les femmes, ils nous rejettent, souffle Antoinette en touillant son café noir.

— Pourtant les députés sont de notre côté. Ils ont voté pour nous il y a deux ans, tempère Victoire.

— Seulement certains d'entre eux. J'ai ouï-dire qu'un certain Jean-Victor s'était fermement opposé à ce que nous obtenions des droits, dit-elle dans un clin d'œil.

— Et si on se déguisait en homme ? propose Léontine. Ils nous prendraient plus au sérieux.

— Et renier qui tu es vraiment ? C'est à l'encontre de nos valeurs, Léontine. Il faut aller plus loin, mais en tant que femme.

Léontine se demande ce qu'elles entendent par « aller plus loin », elle a déjà le sentiment que manifester devant ces politiciens était un acte fort. Mais s'il fallait recommencer, elle le ferait. Elle a envie de prouver à ces femmes qu'elle est engagée à leurs côtés et elle a envie d'entrer dans l'Histoire. Un peu comme ces suffragistes en Angleterre qui se battent pour leurs droits. Le monde est en train de changer.

— Ivna n'est pas là ? demande Antoinette.

— Elle recherche sa fille. Une sombre histoire.

Victoire laisse peser un silence que seules les bribes de voix des autres tablées et le fond sonore endiablé viennent perturber, puis reprend :

— Que dites-vous de se donner rendez-vous samedi soir sur les quais nord ? Ces crétins du parti majoritaire se retrouvent pour une soirée mondaine. On va leur laisser un souvenir de notre passage.

— Comment sais-tu tout ça ?

— On m'appelle « La Renarde ».

— Pourquoi ne pas s'en prendre à d'autres que les politiques ? propose Léontine. Les hommes de nos familles aussi doivent changer leur façon de penser. C'est primitif de nous prendre pour des moins que rien, des sans-droits.

— Oui. Mais ce n'est pas si simple. Il nous faut des noms. Une façon de faire. De la discrétion.

— Je suis prête !

Victoire et Antoinette se fixent avec intensité. Léontine se demande ce qu'elles pensent en cet instant.

— Je vais commander un autre café, et on parle de tout ça, déclare Antoinette en se levant.

Léontine est impressionnée de faire partie de ce mouvement. Elle y pense encore lorsqu'elle quitte le café et remonte le boulevard Saint-Germain d'un pas boitillant. La frénésie d'un groupe, l'adrénaline qui s'empare de son corps lorsqu'elle se met en danger.

— Pardon, mademoiselle.

Un jeune homme la bouscule et elle s'écarte. Tout à ses rêveries, elle ne l'avait pas vu. Elle l'observe quelques secondes. Son haut-de-forme et ses chaussures à bouts pointus la transportent quelques années plus tôt, juste avant la guerre.

Elle avait dix ans, elle vivait à la campagne avec ses parents, dans une grande ferme. Les vaches, les cochons et les moutons étaient son quotidien. Son avenir était tout tracé : reprendre la ferme avec son frère. Même en tant que femme, les travaux à la ferme étaient autorisés, tant qu'elle se tuait à la tâche. Mais tout a disparu à l'arrivée de la mobilisation et ses conséquences terribles. Elle a fui à Paris. Espérant qu'un meilleur destin l'attendrait. Elle a soigné des blessés, écrit des papiers, elle ne s'en est pas trop mal sortie diraient certains. Mais elle espère toujours plus. Elle n'a que dix-neuf ans. Maudite ambition!

Les rues sont pleines à craquer ce soir. Léontine rit sous cape en se remémorant la proposition d'un ingénieur qui, pour désencombrer les allées de Paris, a eu l'idée de trottoirs roulants. Quelle idée saugrenue! Elle traverse la rue, dépasse la salle des ventes qui annonce des enchères exceptionnelles sur un diamant royal à prix défiant toute concurrence et croise un groupe de jeunes filles qui ricanent en feuilletant un journal sur papier glacé. En penchant la tête, Léontine discerne les photographies de Fanny Ward et Pearl White, nouvelles icônes à la mode, le faste des acteurs de cinéma ayant surplombé la pudeur des écrivains. Les filles font la queue devant un panneau publicitaire vantant une audition pour une réclame. Les affiches exaltent les mérites du chocolat Poulain pour le déjeuner du matin ou d'une brosse à dents aux poils inarrachables. Arrêt sur image : air intéressé, yeux ronds, secouage de tête. Léontine n'a pas besoin de tous ces produits modernes.

La jeune fille rejoint son deuxième boulot, qui lui rapporte quelques pièces bien attendues. Le contact d'Alice au magazine *Vogue* n'a pas eu l'effet escompté. L'homme l'a trouvée trop gringalette, peu coquette, ne portant ni manteau-cape en fourrure ni accessoires : un scandale selon lui. Néanmoins, il a accepté qu'en signant Léon, elle rédige les conditions d'inscription et de gains d'un concours novateur sur les plus beaux chapeaux des lectrices du magazine. Léontine n'a pas fait la fine bouche.

Elle pénètre dans le cabaret illuminé. Le vestiaire l'attend. Son programme de la soirée : déshabiller les hommes de leurs pardessus, les femmes de leurs draps de laine, leur glisser un papier numéroté en échange et veiller sur les vêtements jusqu'à la fin des spectacles. Sur son tabouret, elle entend le frétillement de la scène, des notes de musique, des éclats de voix et le bourdonnement des talons sur le parquet. Mais elle ne voit rien. Alors, elle ferme les yeux et s'imagine : les dentelles, les plumes, les tenues. Le spectacle. Oserait-elle être à leur place, sur scène, pour jouer la comédie ?

Tard dans la nuit, Léontine rentre chez elle, dans une pension pour jeunes femmes. Après avoir appliqué de la crème sur ses blessures de manifestante, elle s'endort aussitôt, recroquevillée sur elle-même, de grosses chaussettes de laine râpées et trouées enveloppant ses pieds chétifs.

Dans son sommeil, inspirée par les échanges de la journée, elle rêve qu'elle emprunte le funiculaire de Montmartre : le panorama sur Paris est à couper le souffle. Vêtue de noir, un petit garçon qui se trouve à bord avec elle l'interroge sur son accoutrement.

— Pourquoi tu portes un pantalon ?

Arrivée en haut de la colline, elle rejoint ses alliées. Ensemble, elles règnent sur Paris. Les hommes n'ont plus autorité sur elles. Seules les femmes décident à présent. Elles se prennent la main, déploient leurs ailes comme des oiseaux et fondent sur la ville dans un cri de ralliement.

Ma douce,

Je t'écris ces quelques mots pour t'informer d'un événement qui a eu lieu hier soir et duquel je me remets à peine. Je revenais du Palais-Bourbon à la suite d'une séance agitée relative à un nouveau projet de loi, dont je t'épargne les détails, lorsque je fus victime d'un accident. Ma voiture a été stoppée avec violence, mon chauffeur s'est battu contre mon assaillant masqué et le bracelet en émeraude que je transportais dans une bourse en cuir afin de te l'offrir prochainement, a été dérobé. Paris n'est plus sûr, même pour un homme de pouvoir tel que moi.

À cela s'ajoute une crise du logement, les domestiques qui réclament toujours plus et ces femmes qui crient leur révolte et se rassemblent dans les rues. Où va-t-on ?

Hâte de te rejoindre loin de l'agitation de la capitale,

Affectueusement,

Jean-Victor

8

Emma prend l'air. Ça ne lui est pas arrivé depuis deux jours. Depuis ce désaccord avec Edmond. Alice a serré les poings lorsqu'elle lui a annoncé. Léontine a proféré des grossièretés dont Emma aurait aimé ne jamais connaître l'existence. Mais elle comprend leur colère. Elle-même ne sait pas si elle vacille entre rancœur et inquiétude.

C'était un lundi soir. Après un achat alimentaire à l'épicerie du coin, elle a avoué avoir fait un détour par le parc. Les arbres sont si beaux à l'automne. Edmond n'a pas apprécié. Il lui avait fait une surprise en perles et bijoux mais elle n'était pas là pour le remercier. Pour la punir, il l'a enfermée dans la chambre, sans manger, sans boire, la forçant à ramasser une par une les perles du collier offert, éparpillées dans la pièce après un accès de colère.

La gorge nouée, Emma essuie ses yeux embués par le souvenir. Elle s'arrête rue Fessard devant les anciens locaux d'un comité de subventions américaines pour la reconstruction d'après-guerre. Le bâtiment a récemment été transformé en bibliothèque. Quelques heures par jour, Emma est nommée assistante officielle des bibliothécaires. Elle aide à nettoyer, ranger, classer les livres et accompagne les lecteurs dans leur choix à travers les rayonnages. Son mari approuve totalement cette activité posée et pondérée pour sa femme. Et puis, Emma aime beaucoup la compagnie des livres, leur odeur et leur plénitude, elle peut dénicher en secret des ouvrages différents de ceux qu'Edmond lui recommande. Pourtant, elle s'ennuie ici. Elle aimerait qu'une fois, rien qu'une fois, il se passe quelque chose.

Et comme pour réaliser son vœu, Huguette, la bibliothécaire, accourt vers elle en levant ses jupons.

— Emma, viens vite, j'ai besoin de toi !

L'interpellée se précipite à l'intérieur. Le carillon de la porte tinte à l'entrée.

La salle est spacieuse, ornée d'une cheminée à manteau et d'un lustre en argent. Une table en bois trône au centre et des chaises de différentes tailles offrent des assises aux adultes et aux enfants. Chaque livre est élégamment posé sur son étagère, selon un classement bien établi, qu'Emma s'efforce rigoureusement de suivre à la lettre et au chiffre près.

— Que se passe-t-il ?

Huguette lui tend un ouvrage relié de cuir abordant des questions scientifiques et astronomiques. Elle fait tourner les pages avec précaution jusqu'à tomber sur celle qui l'intéresse. Entre les deux feuillets, est glissé un mot écrit à la main :

Cher agent E,
Tout est prêt pour la vente aux enchères de ce soir.
Le diamant est pour nous. Pense à ce qu'on fera
avec son éclat. Enfin, nous rayonnerons.
Et ils s'en mordront les doigts.
Rejoins-moi à l'entrée,
A.

Emma secoue la tête d'incompréhension.

— Qu'est-ce que c'est ? Ce mot est-il important ?

— Enfin, Emma : le diamant. La vente aux enchères. La semaine dernière, le diamant d'une riche famille de notables anglaise a été dérobé alors qu'il s'apprêtait à être vendu. Ça a fait les gros titres. Tu te rends compte que le voleur est venu dans notre bibliothèque ! D'après les registres, nous devrions retrouver de qui il s'agit.

L'enthousiasme d'Huguette met Emma mal à l'aise, elle n'a aucunement envie de se mêler de cette histoire.

Des voleurs, des diamants, tout ça ne la regarde pas le moins du monde.

— « Ils s'en mordront les doigts. » Se peut-il que notre voleur soit une voleuse ? s'exclame la bibliothécaire, rejetant en arrière une mèche de cheveux.

— Je ne sais pas…

Emma se demande comment un mot d'une telle importance a pu être oublié dans un vieux livre poussiéreux. Mais c'est la seule question qu'elle se pose. Elle n'est pas faite pour enquêter et analyser. Léontine et Alice, elles, se seraient éprises de cette énigme. Elle préfère les lire dans les histoires, pas les vivre. Elle a appris depuis longtemps à ne pas mettre son nez dans les affaires des autres.

— Tu imagines si nous trouvons la voleuse, nous deviendrons célèbres…

— Ce message n'a peut-être rien à voir. Une coïncidence ?

— Je ne crois pas aux coïncidences. J'ai lu dans les journaux que le diamant a été aperçu quatre ans plus tôt lors d'un dîner mondain au cou de l'héritière de la famille Rose. Mais il n'était pas le seul. L'article fait mention de deux diamants appartenant à la famille. Dans la vente aux enchères qui a eu lieu la semaine dernière, il n'y en avait qu'un. Où est le deuxième ?

Jette un œil là-dessus pendant que je vais trier les fiches des livres empruntés.

Huguette lui tend une pile de journaux d'époque, retraçant le parcours du diamant. Emma s'attarde sur le numéro datant de la semaine dernière.

LES DIAMANTS de la famille Rose

La vente aux enchères de l'année a eu lieu hier soir et le moins qu'on puisse dire, c'est qu'elle nous aura tenue en haleine. Le clou de la vente : un diamant de 45,54 carats, d'un bleu profond, dit de Tavernier, ayant été acheté par Louis XIV. Depuis quelques années, il était la propriété de la famille Rose et notamment de la jeune Hélène, nouvelle arrivée dans la lignée à la suite de son mariage avec l'héritier de la fortune, Elvin. Ayant pour habitude de se rendre aux dîners mondains vêtue de tenues resplendissantes et portant au cou des diamants splendides, elle a affirmé il y a peu ne plus en avoir besoin. «Je les vends au plus offrant», a-t-elle dévoilé à nos confrères du journal du matin. Les plus riches familles attendaient cette vente avec impatience, estimée à plusieurs millions de francs. Néanmoins, au moment de présenter la pierre au public venu de loin pour l'occasion, c'est un présentoir vide qu'on a pu admirer.

Le diamant avait disparu. « C'est un scandale ! », s'est exclamé le jeune Elvin.

Chers lecteurs, à l'instant où s'écrit ce papier, nous sommes à la recherche du diamant le plus cher de l'Histoire. Espérons que les voleurs retrouveront leurs esprits, mais ils sont peut-être déjà loin avec leur butin.

***Le Petit Parisien*, 6 septembre 1922**

— Alors ?

La voix d'Huguette résonne à l'autre bout de la pièce. Emma apprécie de passer le temps en lisant les faits divers. Mais cette histoire ne la rassure pas. Un voleur de diamants qui serait venu jusque dans sa petite bibliothèque ? Certes, elle voulait des rebondissements, mais là, c'est un peu trop, non ?

— Oui c'est… intéressant.

— Ne t'en fais pas, dès que j'en sais plus, je te tiens au courant. Ne veux-tu pas m'aider à attraper cet ouvrage ? Je me tasse avec l'âge.

Emma acquiesce et s'empresse d'apporter son aide à Huguette, rejetant au fond de sa mémoire cette affaire.

9

Devant la porte cochère d'un hôtel particulier du 18e arrondissement, Alice fait le pied de grue. Le marchand leur a accordé deux minutes de son temps.

La veille au soir en rentrant chez elle, Alice avait retrouvé sa voisine Ivna dans tous ses états dans l'escalier.

— J'ai reçu d'autres demandes de rançon, je ne peux pas payer cette somme !

Ses larmes s'étaient asséchées depuis la dernière fois, et ce n'était plus qu'irritation dans sa voix.

— Mais pourquoi vous demandent-ils autant d'argent s'ils savent où vous vivez ?

— J'ai chargé ma fille de transporter pour moi des objets de valeur. Je n'aurais jamais dû, ils se sont faits de fausses idées…

— Faites voir le papier, avait demandé Alice, décidée à trouver une solution.

Ivna avait déplié de sa poche une feuille volante et froissée dont l'odeur ne faisait aucun doute.

— Ça sent les légumes.

Ivna l'avait regardé sans comprendre.

— Je sais d'où provient ce papier. Allons-y !

Alice avait reconnu le début d'un article écrit par Léon Delmas dès le premier coup d'œil. Grâce à sa suggestion, Léontine avait vendu tous ses vieux journaux au marchand de légumes, c'est là qu'il fallait aller ! Quelle coïncidence !

Les voici donc à attendre que le primeur rende la monnaie à sa clientèle, s'essuie les mains sur un chiffon râpeux et les rejoigne sur le trottoir.

— J'ai pas beaucoup d'temps, vous voulez savoir quoi ?

— Je cherche ma fille, on l'a kidnappée, explique Ivna.

— Tout d'suite les grands mots.

— C'est vrai monsieur. Vous ne l'auriez pas aperçue ces derniers jours ?

— Des clients j'en ai des tas, mes p'tites dames.

— Oui, mais la mienne a de longues tresses blondes, des taches de rousseur. Ne l'avez-vous pas vue passer avec un homme pendant la nuit ?

— La nuit, vous savez, j'vois pas bien clair. Mais maintenant qu'vous le dites….

— Oui ?

— Il y a un de ces malotrus qui m'a volé une cargaison l'aut' jour. Le soleil était pas encore levé. Il a embarqué une caisse de légumes si vite que j'ai pas eu le temps d'intervenir. Et il y avait une petite fille avec lui. J'me suis d'ailleurs demandé c'qu'elle faisait là. De longues tresses, ça j'm'en souviens.

— C'est sûrement elle !

— Où sont-ils allés ?

— Ils ont pris une voiture. Direction les quais.

Ivna n'arrive pas à calmer les tremblements de ses mains.

— Non ! Émilie ! Je ne la reverrai jamais ! fulmine-t-elle.

— Ne dites pas ça Ivna, nous allons la retrouver, essaie de la rassurer Alice. Pouvez-vous décrire la voiture, monsieur ?

— J'peux essayer.

— Nous vous serons éternellement reconnaissantes.

Le sourire d'Alice est contagieux. Ivna pousse un soupir d'espoir et le primeur écarte légèrement ses lèvres dans une grimace.

— Vas-y Alice, tu en as déjà fait beaucoup, je vais rester avec ce monsieur.

La blonde hoche la tête.

— Bon courage !

Sur le chemin, elle passe devant le café où elle est allée avec Léontine et décide de s'y arrêter.

Une douce odeur de café s'échappe de la tasse en fines volutes. Alice remue le liquide flavescent avec sa cuillère. Un tourbillon naît en son épicentre. Il l'hypnotise.

— Alice ?

La jeune fille lève la tête. Sourit devant les fossettes, la barbe naissante, les sourcils en pointes et l'air faussement innocent du jeune homme devant elle.

— Un deuxième ?

Il désigne du menton la tasse à moitié vide entre ses doigts.

— Je veux bien Louis, merci.

Double dose de caféine.

— Que faites-vous seule ici de si bon matin ?

— J'avais envie de réfléchir à ma vie.

— Vaste programme. Et de quoi votre vie est-elle constituée ?

Il s'assoit en face d'elle, sans la quitter du regard. Ses yeux sont chaleureux et intrigués mais conservent une pudeur qu'Alice apprécie.

La jeune femme pense à sa mère, à sa vie qu'elle veut insouciante, alors qu'elle loge dans une minuscule pièce avec elle, partageant chaque mouvement, chaque souffle d'air. Tout comme Léontine qui survit chaque hiver dans une pièce glaciale, elle aussi sous les toits. Elle se demande si c'est parce qu'elles refusent une vie de conformité, avec un époux et de l'argent. Emma a tout ça. Mais est-elle heureuse pour autant ? Elle finit par dire :

— Je me tue au travail tout le jour, à coudre des tenues sublimes que je ne porterai jamais, j'ai deux amies formidables qui se battent pour exister dans un monde masculin, j'ai un goût divin pour la musique et la danse, et j'aime la nuit, par-dessus tout. Lorsque mes craintes disparaissent dans l'obscurité.

— Vous êtes fascinante.

— N'en faites pas trop.

— Non, je… pardonnez-moi, mais vous rayonnez. Certaines femmes ont perdu cette aura par les temps qui courent. Vous, vous semblez incroyablement sereine, tout en conservant une part d'ombre. Cela me fascine.

— J'ai une part d'ombre ?

— On en a tous une, n'est-il pas ?

— Comme le docteur Jekyll ?

— Je suis ravi de voir que vous avez lu Stevenson…

— Et apprécié. Et vous Louis, quelle est votre part d'ombre ?

— J'ai servi dans la 2e artillerie.

— Oh. Vous pensez souvent à la guerre?

— J'essaie d'éviter.

— Question idiote, veuillez m'excuser.

— Il n'y a pas de questions idiotes. Je dirais que j'y pense avec nostalgie parfois, regret d'autres fois. Pas pour les mêmes raisons.

Alice n'ose pas poser d'autres questions. Même si elle en meurt d'envie. Mais ce ne serait pas raisonnable. Ils ne se connaissent pas vraiment. Pourtant, elle se sent en sécurité avec cet homme. Les filles penseraient : « Encore une nouvelle conquête ! » Alice se dédouanerait en levant les mains au ciel. Ce n'est tout de même pas sa faute si elle est un vrai cœur d'artichaut.

— Vous devriez reprendre votre travail, votre patron risque de ne pas apprécier, préconise-t-elle alors.

— Cet établissement est à moi, dit-il fièrement. Mais vous avez raison, mes clients attendent.

— C'est formidable, réagit avec intérêt Alice. C'est si charmant ici. Voilà la deuxième raison pour laquelle je viens : l'authenticité du lieu.

— Dites-moi, ça vous ennuie si je vous prends en photo?

— Maintenant?

— Oui, j'aime capturer la beauté des gens quand ils s'y attendent le moins. C'est à ce moment précis que la photo a quelque chose de vrai.

Une étincelle d'amusement traverse son regard.

— D'accord.

— Je reviens dans un instant.

Quelques minutes plus tard, Louis est en face d'elle avec un appareil photographique transportable. Alice prend la pose, impressionnée. Le viseur pivote. L'obturateur se déclenche plusieurs fois.

— Vous exposez ? demande-t-elle.

— Je n'ai pas cette prétention. Voilà, c'est dans la boîte.

— Quand pourrais-je voir les clichés ?

— Très bientôt, j'espère.

— Ce café est mon nouvel endroit favori !

— Supérieur au Lion d'argent ?

— Ah ça non. D'ailleurs, j'attends toujours votre invitation.

— Elle viendra, Alice, soyez-en assurée. Mais je dois retourner travailler maintenant. Pardonnez-moi.

— Je vous en prie.

Alice rit, sereine. Elle avale le reste de son café refroidi en une gorgée, jette quelques piécettes en bronze sur le comptoir et quitte la buvette.

En sortant, elle repère un journal abandonné sur une table. Il est ouvert à la première page. Elle jette un œil. « Les Papillons Noirs ont encore frappé », titre-t-il. Un hôtel a été dévalisé alors qu'une réception menée par des hommes d'affaires parmi les plus influents se jouait dans la cour intérieure.

Alice sourit.

Des femmes qui dévalisent des hommes, l'idée plairait à Léontine.

10

Les tableaux s'agrippent aux murs, avec leurs touches de couleurs abstraites, leurs formes concaves et les lignes fines qui recouvrent la toile.

Les filles sont subjuguées. Elles se sont donné rendez-vous dans une galerie renommée répondant au succinct nom de La Maison. Alice a obtenu des invitations pour une exposition grâce à un dénommé Paul, roux exubérant parlant avec un accent picard à couper au couteau. Cela fait plusieurs semaines qu'il est le compagnon de soirée de la jeune femme. Lorsqu'il l'a autorisée à associer ses amies à l'événement, Alice les a tout de suite contactées en sautant de joie. Ces soirées mondaines sont des occasions de passer du temps ensemble et Emma en a bien besoin en ce moment.

Ce soir, un jeune peintre, Théophile de Barbansson, présente ses œuvres aux âmes errantes, qui, un verre à la main, osent jeter un œil à son travail : un rond rouge au centre d'une toile blanche. Léontine penche la tête sur le côté comme pour en saisir le sens. Sans résultat, visiblement.

— J'ai créé ce tableau en pensant au mouvement Dada. Cela va de soi qu'il m'inspire, mais avez-vous remarqué les nuances dans le rouge que je présente ? Il y a de l'expression dans le dessin, on ne saurait le nier.

— J'y comprends rien à ce blabla, ose avouer tout haut Alice.

Paul, à ses côtés, secoue la tête, le torse en avant.

— Voyons ma chère, ce n'est que la définition de l'art. N'y rien comprendre.

— Excusez-moi, cher comte, mais…

Car oui, Paul s'appelle en réalité Paul Renan Régis de la Fontaine et détient des domaines au nord de Paris en qualité de comte.

— L'art est plus vraisemblablement là pour chercher à interpeller celui qui regarde l'œuvre, ne penser à rien en la fixant va donc à l'encontre de son principe, continue Alice.

— Si vous le dites, se renfrogne Paul.

Le peintre continue sa présentation, voyant que l'auditoire est présent.

— Vous pouvez vous approcher pour remarquer les

différentes couches successives nécessaires à la réalisation de mon chef-d'œuvre.

— Comme il y va, rit sous cape Léontine.

— Mademoiselle, qu'en pensez-vous ?

Le peintre s'adresse directement à Emma. Son menton pointu est tourné droit vers elle. Elle ne peut fuir.

— Oh, eh bien… je ne sais pas, je dirais que c'est… innovant ?

— Exactement, voici quelqu'un qui s'y connaît. J'ai utilisé des formes simples pour que tous puissent se reconnaître dans la toile. Mais en même temps, rester dans la figuration innove car je représente bien plus que l'universel.

— Oui, je décèle une vive émotion dans le choix de vos couleurs : comme si vous aviez peint un monde qui n'existait pas, au-delà du visible, enchaîne Emma, tout à coup hypnotisée par le tableau.

— C'est cela mademoiselle. Vous comprenez parfaitement ce que j'ai voulu peindre. Je suis impressionné.

Emma rougit de ce compliment, ce que son amie Alice ne manque pas d'observer puisque son coude vient se placer directement dans les reins de la jeune femme pour l'interpeller.

— Tu transgresses tes valeurs, Emma, tu es au courant ?

— Quelles valeurs ?

— Celles morales, de fidélité à ton bon petit mari !

Choquée par les propos de son amie, elle hoquette de surprise.

— Non, jamais. Je ne suis pas…

— Hé, t'en fais pas, tu sais ce que j'en pense de la domination masculine. Je l'aime bien, ton peintre.

— Ce n'est pas « mon » peintre.

— Tu devrais lui dire, alors, car vu la façon dont il te dévore des yeux, je crois qu'il ne le sait pas, en rajoute Léontine qui a suivi leur conversation.

— Léon, comment fais-je ? Je ne suis pas… Je suis mariée tout de même. J'ai dû envoyer de mauvais signaux.

— Tu n'as toujours pas quitté Edmond ? Le divorce existe maintenant, dit Alice en s'approchant du serveur.

— Une bague s'ôte aisément, ajoute Léontine. N'est-ce pas ?

— Ch'est chûr, répond la complice, la bouche pleine de canapés de mousse de canard.

— Arrêtez, je… je vais faire un tour.

Emma quitte alors le tableau pour continuer sa visite de l'exposition. Le peintre l'interpelle, mais elle feint l'indifférence. Elle déteste être ainsi le centre de l'attention. Ses copines gloussent derrière elle, elle le sent.

Et puis, elle va bientôt devoir rentrer si elle ne veut pas qu'Edmond suspecte qu'elle n'a en rien participé à un tournoi d'échecs des jeunes femmes lettrées de Paris. Elle se déteste de lui cacher des choses, il est si prévenant. Il lui offre des broderies, des parures, son affection, son bras autour de ses épaules lorsqu'elle a froid ou qu'elle est inquiète. Mais il le fait avec rudesse, et autorité. Est-ce cela qui l'effraie ?

En attendant qu'Alice dise au revoir à son comte, Emma et Léontine s'habillent de leur manteau de laine et font les cent pas sur le seuil de la galerie. La soirée est fraîche. Emma aperçoit, de l'autre côté de la rue, la devanture du journal *Le Matin* où Léon signe de son pseudonyme ses critiques, quand il les accepte. La jeune journaliste en profite pour protester contre les rédacteurs en chef qui rechignent à la publier ces derniers temps.

— Peut-être que l'actualité est tournée vers autre chose. Pourquoi n'écris-tu pas sur ce gang de voleuses ? propose Emma pour aider son amie.

— Les Papillons Noirs ?

— Oui, ils ne pourront pas te refuser un papier d'actualité brûlante. J'ai lu hier qu'ils avaient maintenant une preuve qu'il s'agissait de femmes. Une enquête a été ouverte, les forces de l'ordre les recherchent activement.

Elles déposent, dans chaque maison volée, un papillon noir. Un vrai, tu crois ?

— Comment veux-tu qu'elles trouvent de vrais papillons de couleur unie dans les rues de Paris ? Non, il s'agit d'image, d'un dessin.

— Eh bien, si tu en sais autant, tu devrais écrire dessus.

— Je ne sais pas.

— Toi qui défends les femmes.

— Je vais y songer, ronchonne Léontine.

— Tadam ! Me voici !

Alice les rejoint et elles entament la route à pied vers leur foyer. Une grande demeure bourgeoise pour Emma, un minuscule appartement humide pour Alice, une chambre dans une pension pour Léontine.

— On ira plus vite en voiture, non ?

Étonnée, Léontine se tourne vers Alice qui a lancé cette idée en l'air.

— Quelle voiture ?

— Pas besoin d'en posséder une, il y en a partout dans la rue.

— Mais tu ne sais pas conduire !

— La question n'est pas là. Il est invraisemblable de voler une voiture ! s'exclame Emma.

— Oh allez les filles, c'est dans l'air du temps pour une femme de conduire, insiste Alice.

Alice s'approche d'une voiture garée sur le trottoir, dont le moteur ronronne, et jette un œil à l'intérieur :

— Nous avons de la chance, la clé est encore sur le contacteur de démarrage. Pas besoin de tourner la manivelle.

— Son propriétaire doit être tout près pour l'avoir laissée sans surveillance, s'inquiète Emma en jetant des coups d'œil à la rue, déserte d'apparence.

— Une raison de plus pour se dépêcher. En route les filles !

— Ce n'est pas une bonne idée, implore Emma, effrayée.

— Rabat-joie. Allez, monte !

Léontine lui ouvre la portière avant de se faufiler à sa suite à l'intérieur. Emma se mord la lèvre. Elle sait que ce n'est pas raisonnable. Mais ses amies semblent vouloir s'amuser. Dans le groupe, c'est toujours elle qui hésite, s'interroge, s'inquiète. Et si elle osait sortir de sa zone de confort ?

Alice se place au volant. Ses deux amies sont derrière. Le modèle choisi a un petit auvent en tissu beige au-dessus des têtes et deux banquettes en cuir. D'une couleur bleue, quoique de nuit elle penche vers le noir, la voiture aurait sans doute attisé la curiosité d'Edmond sur sa construction, son coût et son record d'accélération. Edmond a toujours été passionné par les automobiles, surtout depuis qu'il travaille dans l'industrie du secteur. Son rêve est de posséder un de ces nouveaux modèles d'Henry Ford, puissant et élégant. « Ce n'est pas de la vieille charrette », répète-t-il à Emma en croisant ces voitures dans la rue, qui deviennent bien plus nombreuses que les modèles tirés par des chevaux. Mais ce moyen de locomotion reste encore un luxe inaccessible, même pour lui qui a réussi à faire fortune. Pourtant, grâce au prêt de l'institution de financement à la consommation, le couple devrait bientôt détenir leur propre moyen de transport. Emma pense à quel point Alice et Léontine seraient ravies de partir en week-end à son bord. Mais pour l'instant, elle est anxieuse. Qu'on la surprenne sur la plage arrière d'une voiture qui ne leur appartient pas, en pleine nuit. C'est totalement inconvenant.

— Fais pas cette tête Emma, la charrie la conductrice, si les hommes y arrivent, moi aussi. Mon amie Denise m'a expliqué comment faire fonctionner cet engin. C'est un modèle récent, et puisque le moteur est déjà démarré, il ne manque plus que les pédales à maîtriser.

Léontine, penchée vers l'avant, admire la précision des gestes d'Alice. Le pied sur une pédale, son corps qui se tend, le frein à main qui se débloque…

La voiture émet un bruit assourdissant puis se met à cahoter sur les pavés.

— Oui ! s'exclame Léontine. Ça fonctionne.

Alice arrive tant bien que mal à maintenir le véhicule droit. Une première ruelle, puis une autre.

— C'est d'une étonnante facilité, passé le démarrage un peu technique.

— Regarde devant toi, quand même ! hurle Léontine, en raison du claquement des roues qui couvre sa voix.

Une voiture vient de faire son apparition à contresens. Alice donne un coup violent dans le volant et la voiture se range à quelques centimètres du bas-côté. La jeune femme jette un coup d'œil pour s'assurer que les roues sont toujours sur les pavés. Les deux véhicules se croisent sans incident.

— Un jeu d'enfant, répète Alice.

— On ne voit pas grand-chose quand même, dit Emma.

Les phares sont peu lumineux, les rues et les bâtiments sont plongés dans l'obscurité. Emma se demande pourquoi Alice est si inconsciente.

— Attention j'accélère !

Léontine agite les mains au-dessus de sa tête.

— Youhou !

Pendant ce temps-là, Emma a un œil ouvert sur la route, l'autre fermé, caché derrière sa main tremblotante.

— Em' profite du moment !

— Oui oui…

Emma ose ouvrir les deux yeux. Elle a peur, mais essaie de se détendre. Que peut-il leur arriver ?

Alice zigzague dans les allées, exerçant des dérapages contrôlés à chaque tournant. Une grande avenue est bientôt dans sa ligne de mire. Elle accélère de nouveau. La roue droite percute un caillou. Alice redresse avec difficulté le véhicule qui tangue légèrement sur la route. Un chat blanc traverse la rue à pas de velours.

— Attention !

La jeune femme ne veut pas écraser l'animal, pourtant, elle ne maîtrise pas suffisamment la voiture pour dévier légèrement sa trajectoire. Un pavé mal agencé percute de nouveau la roue droite, la voiture sursaute, le chat miaule. Les passagères crient.

La voiture fait une embardée, mais il est trop tard pour trouver le frein à main. Alice tâtonne en vain. Finalement, le véhicule percute le bec de gaz puis vient s'encastrer dans un mur. Fin de la course. Léontine est éjectée de son siège par la force du choc et se retrouve entre le capot et le mur. Elle passe une main sur son arcade sourcilière, légèrement humide. Ses doigts sont empreints de sang.

— Léontine, tu es blessée.

— Ça va, je vais bien.

Alice s'extirpe comme elle peut du véhicule et retrouve son amie à l'arrière. Emma est sonnée mais tente de déchirer le foulard qu'elle portait autour du cou pour tamponner la blessure de Léontine.

— Personne d'autre n'a mal quelque part ? demande Alice.

— Ça peut aller. Tu as vu où ta virée nous mène ?

— Je vais bien, j'vous dis, affirme Léontine.

Elle parvient à sortir de la voiture. Les trois femmes observent les dégâts sans broncher.

— En tout cas, on est tout près de chez toi maintenant, Emma, essaie de sourire Alice. Je vais raccompagner Léontine à pied.

— Merci pour la balade, plaisante la blessée.

Le sang continue de couler, mais elle ne semble pas affectée.

— Tu es certaine que ça va aller ? s'assure Emma.

— Mais oui Em', t'en fais pas, allez, rentre chez toi, tu es déjà en retard.

C'est vrai ça, Edmond doit être à la maison à l'heure qu'il est, pense-t-elle.

Elle savait que cette escapade allait mal tourner. Pourtant, sans oser l'avouer à voix haute, Emma aimerait recommencer. L'adrénaline, la vitesse, le danger. Elle n'a jamais ressenti ça auparavant. Elle était avec ses amies, et elle s'est sentie libre un instant.

— Eh ! Vous là, que faites-vous ?

Une silhouette massive apparaît dans la nuit, et à entendre sa voix, il n'a pas l'air commode.

— Faut pas qu'on nous surprenne ici, courez les filles !

Et voilà les trois fautives entamant une course poursuite dans les ruelles mal éclairées de Paris. L'homme ne semble pas les suivre, mais elles se savent coupables d'avoir volé et abîmé une voiture d'un prix exorbitant, qu'elles ne pourront jamais rembourser.

Le pas de course devient trottinement jusqu'aux berges de la Seine. Emma n'a plus qu'un pont à traverser pour arriver chez elle. Les amies se disent au revoir hâtivement.

Échevelée, Emma tente de faire bonne figure. La lune est déjà bien haute dans le ciel lorsqu'elle franchit le seuil de sa maison. La fenêtre donne sur la rue et elle perçoit de la lumière. Puis, en entrant, des éclats de voix.

— Ah, chérie, tu daignes enfin nous honorer de ta présence.

— C'est vrai que nous pensions que ce cher Edmond s'était inventé une gargote.

Emma retire son collier de perles et ses boucles d'oreilles qu'elle pose dans la coupelle de porcelaine placée sur un guéridon dans l'entrée. D'un discret signe de la main, elle salue l'assemblée. Huit hommes aussi rougeauds que des prunes mûres sont installés nonchalamment sur les canapés, des cartes à la main.

— Alors, tu ne viens pas m'embrasser ?

— Oui, j'arrive.

Pénétrant dans le salon vaporisé d'alcool et de relents masculins, Emma évite les regards désobligeants qu'elle sent couler sur elle. Edmond l'attrape par le bras et l'assoit de force sur ses genoux.

Pendant quelques minutes, la partie de cartes continue. Un as de pique rejoint un trois de trèfle et une dame de carreau sur la table. Un des invités, un grassouillet à la mâchoire carrée, remporte la mise de quelques pièces qui tintent dans sa main épaisse. Puis, Edmond lance ses deux dernières cartes. Les mains désormais vides, il les pose sur les cuisses d'Emma. Mal à l'aise, elle tente de les repousser. Le silence de la salle est oppressant. Seuls les reniflements du gros homme troublent l'air.

— Alors comme ça, on n'est pas à la maison quand je rentre ? lui souffle son mari dans l'oreille.

Son haleine est chargée de vin et de whisky. Emma se fige. Elle ne peut rien dire devant ces hommes. Ils continuent comme si de rien n'était. L'un jase :

— Les intendances ont chopé du nouvel alcool de contrebande ce mois-ci. J'ai bénéficié d'un tonneau.

— On peut le départager au jeu ! s'étrangle de rire un des hommes de l'assemblée, sec et persifleur.

— Je participe, Francis.

— À ton tour, Edmond.

— Je n'ai plus de cartes.

— Tu ne mises pas ta p'tite femme ?

— C'est une bonne idée, n'est-ce pas ?

Edmond regarde Emma avec un sourire carnassier. Elle a horreur de cette expression, comme si elle n'était qu'un simple objet. Mais elle a choisi de devenir sa femme, alors elle ne peut rien dire. Elle essaie de penser à sa soirée au vernissage de peinture, aux œuvres d'art, aux notes de couleur… Elle s'aère l'esprit.

— 300 pour moi.

— 300… Elle ne les vaut pas.

— Vraiment ? Elle a de sacrés atouts.

— Vous parlez de ma femme, les amis, faites attention, je suis là, ricane Edmond.

Un compliment de sa part ?

Pourtant, juste après, il détend ses mains et la pousse en avant. Emma tombe sur le premier homme à sa droite, qui n'hésite pas à la toucher et à lui malaxer la cuisse.

— Lâchez-moi.

Elle le repousse et se lève hâtivement, mais deux autres hommes l'encerclent comme des gardes du corps et lui frôlent le visage. Emma sent les larmes humides sur ses joues.

Edmond se marre et rejette son dos en arrière sur le canapé, il assiste au spectacle. Elle en est malgré elle l'actrice principale. Ils la répugnent, tous autant qu'ils sont. L'homme se lève, glisse la carte le long de son visage, puis il la jette sur la table basse. Son as de cœur virevolte dans l'air jusqu'à se poser à découvert.

— J'ai gagné le gros lot on dirait.

Les hommes se penchent vers la carte.

— En effet, on dirait, reconnaît Edmond. Excuse-moi, Emma, j'ai perdu.

— Comment ? Que…

— Tais-toi, lui ordonne le vainqueur.

Il commence à passer ses mains sur son corps et lui retire son châle. Emma gesticule, essaie de se débattre, mais elle est seule face à huit hommes avinés.

Et à son mari, qui ne bouge pas d'un pouce. Au contraire, il semble y prendre un vilain plaisir.

— Edmond…

— Laisse-toi faire.

Et Emma se laisse faire. Elle n'a pas le choix, elle est née femme, elle le restera.

Ce n'est que lorsqu'ils partent tous, que Edmond s'est endormi, ronflant et agonisant de sa soirée, qu'Emma s'autorise à pleurer, déversant toutes les larmes chaudes de son corps. Avec bruit et force, comme elle ne se l'était jamais permis. Son oreiller est parfumé de tristesse amère.

Elle les déteste. Les hommes.

Elle pense à ses amies aussi, qui seront scandalisées, qui l'obligeront à changer les choses, mais elle n'a pas le choix. Elle est mariée. Pour le meilleur et pour le pire.

**Pièces à conviction n°4
du policier Rodolphe Le Seel,
relatives à l'enquête
des suspects nommés :
« Les Papillons Noirs »**

Indices retrouvés sur la scène du vol de la sacoche de Maître Durand dans son cabinet, le 28 septembre 2022 :

– Mèche de cheveux auburn

– Un billet de music-hall

– Papillon en feutrine de couleur noir

– Sachet de vis

– Plume à encre noire

– Empreintes de pas, chaussures de forme Derby

OCTOBRE 1922

11

Scène ouverte : vous avez un talent ? Venez réchauffer vos nuits froides au nouveau cabaret Émergence en nous le partageant !

Alice est plantée devant une affiche collée sur la vitre lorsque Léontine la rejoint à leur café habituel. Cette nuit, les filles ont accepté de sortir à nouveau, première fois depuis l'épisode de la voiture. Léontine veut rédiger un article sur les soirées mondaines parisiennes, Alice s'amuser et Emma, penser à autre chose qu'à l'ambiance pesante de sa maison. Passant une main dans ses courts cheveux pour soulever sa frange, Léontine se place à côté d'Alice, et fixe à son tour l'affiche sur la vitrine.

— Ça t'intéresse ?

— Léontine, il faut absolument qu'on y aille !

— Mais, on n'a aucun talent !

— Que ne puis-je pas entendre, Dieu si tu existes, rends-moi sourde. Léon, tu as un talent rare pour l'art oratoire, Emma chante à merveille. Et moi j'aime danser. Nous sommes le trio parfait.

— Faut voir…

— Il nous faut un nom !

— Peut-être peux-tu y réfléchir à l'intérieur ? Il commence à faire froid, grelotte Léontine.

Elle ressert les pans de sa veste sur son torse. En effet, ce début de mois d'octobre est pluvieux et froid.

— Ça me va. Emma nous rejoindra.

Le Café de l'Après est rempli d'une douce chaleur. Un feu ondule dans l'âtre au fond de la pièce. Pourtant, les banquettes de velours sont vides. Les filles ont l'embarras du choix et s'installent près de l'entrée, à leur table favorite. Elle est située près du bar et du juke-box qui diffuse les nouveaux tubes américains à la mode et celui-ci étouffe les courants d'air qui n'atteignent pas les attablées. Alice repère tout de suite le tenancier qui arrive vers elles à grands pas, s'aidant d'une canne.

— Bonjour Alice. Et… Léontine c'est ça ?

— C'est ça, coupe court Léontine.

Elle n'a aucune envie que ce serveur révèle qu'elle se rend ici avec un autre groupe d'amies qu'Alice et Emma. C'est son jardin secret. Son combat. Elle espère qu'il gardera sa langue dans sa bouche.

— Les filles, je suis désolé, je m'apprête à fermer. Vous n'avez pas vu le panneau le mentionnant sur la porte ?

— Oh non ! Louis, vous exagérez ! s'exclame Alice avec un clin d'œil. Où allons-nous aller à présent ?

— Je suis navré, je rejoins une vieille amie ce soir. Et mon aide-serveur, Marco, n'est pas là aujourd'hui. Mais vous pouvez m'accompagner.

— On a d'autres plans, confie Léontine, pensant au cabaret qui plaît tant à son amie.

Elle est prête à fournir un effort, si elle veut écrire cet article, il va falloir qu'elle s'ouvre à d'autres lieux. Ce nouveau cabaret semble être la meilleure alternative.

— C'est vrai, tu acceptes ?

— C'est bien parce que c'est toi !

— On a vu l'affiche sur la vitre, explique Alice.

— L'Émergence. Oui ça a l'air pas mal, bredouille Louis. Mais ce que je vous propose est bien mieux. Le Lion d'argent.

Alice pousse un cri strident d'euphorie qui déclenche un grand sourire à l'homme.

— Vous nous feriez entrer ?

— Où ça ? intervient Léontine.

Elle avait enfin accepté de se rendre à la scène ouverte et voilà qu'on rechange ses plans ?

— Au Lion d'argent, Léon, il faut suivre un peu. Mais c'est prisé, il faut une invitation.

— J'ai le mot de passe tant convoité. Je ferme le café et nous y allons ?

— Plus que partante, n'est-ce pas Léontine ? Oh allez ça va être surprenant !

— Tu m'en parles depuis des mois de cet endroit, comment puis-je refuser ? Et ça me tente bien mieux que de monter sur une scène.

Alice lui accorde un grand sourire devant lequel on ne peut que fondre.

— Nous attendons une amie, ajoute-t-elle à l'attention de Louis.

— Alors, prenez une boisson pour patienter.

Une minute plus tard, Louis leur dépose une boisson chaude et ajoute une barre de chocolat belge dont raffolent les Parisiennes aujourd'hui.

— Cadeau de la maison.

— Nous faire entrer au Lion d'argent est déjà un cadeau, Louis.

— Alors, c'en est un autre.

— Vous n'avez pas l'impression de m'ignorer totalement ? lance Léontine, grimaçant volontairement devant ce débordement de sentiments.

Alice rit et Léontine l'accompagne. En réalité, elle

apprécie que ces deux-là se tournent autour. Louis semble un homme plaisant pour son amie.

Soudain, Emma entre en trombe dans le café, humidifiant le tapis d'eau de pluie ruisselant de son manteau. La jeune fille a le teint gris et des cernes noirs. Elle se dirige vers la table en soufflant bruyamment. Alice et Léontine cessent aussitôt de rire.

— Vous savez ce qui s'est passé ce soir ?

Les deux filles secouent la tête et Louis préfère s'éclipser en boitillant. Il a un établissement à ranger pour la fermeture.

— Les Papillons Noirs, vous en avez entendu parler ? Je suis certaine que oui. Même moi, je leur trouvais une certaine… élégance, mais ce ne sont que des… Je ne trouve même pas les mots… Je les hais.

— Emma doucement, raconte-nous. Qu'est-ce qui s'est passé ?

Alice pose la main sur celle de son amie.

— Elles sont entrées chez nous, elles ont volé de l'argent qu'Edmond gardait pour ses affaires, ainsi que plein d'objets appartenant à sa famille. Bizarrement, rien qui ne me concerne mais Edmond est irrité, en colère. Je devais venir vous le dire… mais je dois repartir.

— Essaie de souffler Emma, dit Léontine.

Les larmes roulent toutes seules sur les joues de la victime. Elle s'assoit sur la banquette à côté d'Alice.

— Je ne peux pas, vous vous rendez compte ? S'en prendre à un brave homme qui travaille dur. La fenêtre de son bureau a été brisée. Je…

— Oh Emma, je suis désolée, annonce Alice, le buste en avant, les lèvres pincées en une moue de soutien. Tu sais, il faut se changer les idées, ce soir on va à une soirée dans un endroit particulier : viens avec nous !

— Je ne peux pas, je vous l'ai dit. Je dois soutenir mon mari.

Léontine l'interrompt, les sourcils froncés.

— Tu te souviens de ce qu'il t'a fait subir, l'autre soir ?

— Oh évidemment, mais c'était un égarement. Il était avec ses amis, il essayait de faire son intéressant.

— En te traitant comme un objet ?

Emma se lève promptement, renversant au passage la salière qui se déverse sur la table.

— Laissez-moi. Vous êtes simplement seules et jalouses de mon couple.

— Ne crois pas ça, Emma, on te soutient. Mais ça te changerait les idées.

— Non, vous voulez m'éloigner de lui.

— Es-tu heureuse à ses côtés ? tente de demander Alice.

— Ce n'est pas… Arrêtez ! Laissez-moi.

Et elle quitte le café en pleurant, laissant dans son sillage une douce odeur de vanille et de pluie automnale. Ses amies ne disent plus rien pendant de longues minutes. Jouent avec le sel ou l'emballage chocolaté.

19 heures sonnent. Louis a revêtu son manteau. Il les attend. Elles décident malgré tout de visiter cet établissement prisé. Car elles ne peuvent rien faire pour l'instant pour aider leur amie… Emma a choisi son mari. Devant Louis, elles décident d'un commun accord muet de ne pas en parler.

Sur le chemin, Alice minaude, Léontine écoute en souriant, les yeux dans le vague.

— Ça m'intrigue. Louis, comment avez-vous obtenu le mot de passe pour entrer dans ce club privé ? demande Alice.

— C'est une longue histoire… Une prochaine fois.

— Ah, il y aura une prochaine… J'adore ça !

— Peut-on se tutoyer ?

— Avec plaisir !

Ça y est, ils y sont. Louis tend un mouchoir brodé de quatre mots devant un homme à l'allure de colosse, gardien d'une porte au rideau à moitié baissé, entre deux immeubles à la façade décrépie. Le fameux mot de passe. Fières, les deux amies pénètrent dans un hall sombre et désert où une nouvelle porte entrebâillée les conduit jusqu'au sous-sol. Depuis l'escalier leur parvient des bribes de conversations.

— C'est par là.

Louis les précède jusqu'à un vaste salon décoré d'une coupole en dorures datant de l'Ancien Empire. Alice enfonce ses ongles dans le bras de Léontine, émerveillée par tout ce qu'elle voit. Elles entrent dans une pièce lumineuse ornée de pierres scintillantes qui jouent le rôle de miroir en pied. Les lustres tombent presque au niveau des tables qui sont garnies de thé et de sucreries. Des hommes et femmes sont affalés dans des fauteuils.

— Il faut que tu prennes des notes ! dit Alice.

— Quoi ?

— Pour ton article.

— Ah oui.

Cela intéressera sûrement un journal pour publication. Un lieu secret, prisé des grandes bourgeoisies, des artistes, des musiciens, des écrivains parmi les plus célèbres de Paris. Certains peignent sur des toiles dans un coin, d'autres écrivent frénétiquement. Léontine repère même des Américains qui commencent à arriver par bateau, happés par la folie de Paris. Ce lieu est merveilleux, elle comprend l'enthousiasme d'Alice. Ils trouvent une place libre au fond de la salle, et s'y installent en commandant de l'eau chaude. Le mobilier forme un cercle qui laisse une zone libre au centre, destinée à accueillir les danseurs.

— Je vais vous laisser, dit Louis. Mon rendez-vous m'attend. Mais profitez !

Alice acquiesce. Elle le suit des yeux alors qu'il salue une dame au chapeau large dans le fond et disparaît derrière un rideau avec elle. Devant la moue sombre de son amie, Léon essaie de trouver de quoi lui changer les idées.

Derrière un lourd rideau de velours, elle remarque une femme au foulard fleuri d'une beauté indéniable qui attend le client sur une table ronde. Dessus, des cartes et des statuettes. C'est l'occasion !

— Oh, une voyante ! Tu veux essayer ? propose-t-elle.

Les yeux d'Alice s'éclairent.

— Tu y crois, toi, à la divination ?

— Pourquoi pas !

— Je rêve de poser des questions sur mon avenir. Tu imagines si tout ce qu'elle me prédit est vrai ? Ce serait fabuleux. J'en ai la chair de poule à l'avance.

— Cela dépend des prédictions… Mais allons-y, la table est libre.

Les filles s'avancent, intimidées, et sortent quelques pièces.

— Bienvenue, mesdames. Tout d'abord, passez votre main au-dessus du paquet de cartes et pensez très fort à votre question. Une à la fois, gronde la voyante avec un certain agacement.

Sa soirée doit être consacrée à rassurer des curieux sur leur vie future. Léontine comprend qu'elle puisse être irritée. Qui prend le temps de la rassurer, elle ?

— Je commence, s'empresse de dire Alice.

Alors que sa main tremble au-dessus des cartes, elle n'arrive pas à formuler clairement une demande dans son esprit. Léontine la voit hésiter, amorcer une question puis en changer.

— Je vois, je vois, tout cela est bien confus. Vous êtes une jeune fille brillante, qui rêve de beaucoup de choses.

La diseuse de bonne aventure mélange les cartes et en dépose quelques-unes sur la table, puis en recouvre d'autres de piques et de trèfles.

— Mais pensez à quelque chose de simple. Une énigme de votre vie à résoudre peut-être ?

— Eh bien oui en réalité : j'ai une voisine qui a perdu sa fille. Je me demandais si elle allait la retrouver ?

— Hum. Une jeune fille qui disparaît. C'est

monnaie courante. Pourquoi ? Une affaire de famille ? d'argent ? d'héritage ?

— D'héritage peut-être, mais elle n'a pas son père. Oh ! peut-être que…

— Ne m'interrompez pas !

La femme fronce les sourcils pour se concentrer. La lueur d'un candélabre oscille légèrement. Alice retient son souffle tandis que Léontine observe les rides dans le coin des yeux, la nappe froissée, les cartes usées.

— Hum… je vois beaucoup de bonheur, de la joie, de la danse, de la musique dans votre vie à vous.

Alice est aux anges.

— Mais aussi des défis, de la tristesse et… je vois cette femme qui a perdu sa fille. Élancée. Perdue. Une petite fille aux tresses flottantes.

— Vous la voyez vraiment ? questionne Alice.

— Chut. Oui, il y a une bataille, des rejets, du tragique. Pas seulement dans votre vie mais dans celle des autres. De cette femme. Un combat comme nous en avons connu hélas de terribles, une guerre. La nôtre, mais aussi la révolution russe. Je vois le drapeau. Mais il y a…

La femme déglutit.

— Quoi ?

— Une Guerre mondiale qui se prépare. À nouveau.

— Une autre? interrompt Léontine, soudain intéressée par les propos de la voyante.

— J'en ai bien peur. Je vois… des pleurs, des maisons détruites, des enfants abandonnés forcés à… je… je ne peux continuer, veuillez me pardonner.

La voyante se tait soudain, entrant dans une transe mutique. Ses ongles s'accrochent à la nappe et Léontine y décèle des tremblements. Cette prédiction semble bien réelle. Une nouvelle guerre est-elle liée à Alice? À elles toutes? Une guerre des femmes?

La visionnaire range précipitamment ses cartes, souffle la bougie et quitte la salle, laissant les deux amies pantelantes.

— Eh bien! Crois-tu que cela est vrai? murmure Alice, désappointée.

— Je ne sais pas, comment peut-elle voir l'avenir dans des cartes? rationalise-t-elle.

Léontine se penche et recueille une des cartes tombées de la main de la voyante lorsqu'elle s'est levée brusquement. Elle observe avec attention le 2 de cœur, comme si elle allait voir émerger des monstres du bout de carton. Puis, dans un mouvement d'épaule, quitte la niche dans laquelle elles s'étaient établies, en emportant les quelques pièces oubliées sur la table. Alice la suit, pas vraiment rassurée par ces prédictions. Léontine n'a pas eu droit à son présage. Elle se demande ce qu'elle aurait posé comme question si on lui en avait laissé la possibilité : allait-elle revoir sa famille un jour ? Percer comme reporter pour un grand journal ?

— Je crois que cette voyante m'a quand même donné une piste. J'en parlerai à Ivna.

— Ivna ?

— Ma voisine. Sa fille disparue. Allons danser !

Alice l'entraîne, ne souhaitant plus aborder cette conversation, sans doute. D'abord timide, Léontine se laisse finalement aller et danse une Java, comme elle ne l'a jamais fait. Elles sont bientôt rejointes par des couples enjoués, un homme à la chemise au col droit d'une grande prestance et deux femmes de leur âge au sourire amusé, de la peinture sur les doigts et le menton.

Finalement, ça valait le coup de venir. Léontine aura des choses à écrire demain matin. Elle ne peut s'empêcher de penser à Emma, qui n'est pas là, à sa soi-disant vie parfaite, mais qui est pleine d'ombres, de beaucoup d'ombres. Et la sienne, qui tente d'illuminer les ombres.

Une vie suffira-t-elle ?

12

Alice évite la dernière marche de l'escalier qui grince et atterrit en silence sur le palier du premier étage. Pourtant, la porte de la voisine s'entrebâille comme si elle l'attendait.

— Bonjour Ivna.

— Entrez ! Je dois vous parler.

Passé le couloir étroit, Alice foule le parquet ciré de l'unique pièce aux dimensions semblables à celle qu'elle connaît bien, un étage au-dessus. Ici, deux lits sont poussés contre le mur. Des tapis orientaux recouvrent le sol et des poutres en bois barrent le plafond de manière imposante. Ivna lui sert un verre de limonade.

— Vous m'avez beaucoup aidée la dernière fois, j'aimerais vous remercier.

— Quelles sont les nouvelles ? demande l'invitée.

— Rien pour l'instant.

— J'ai eu une idée. Émilie, se pourrait-il que son père cherche à la contacter ?

Ivna se tend.

— Qu'est-ce qui vous fait dire ça ?

— Une intuition ?

Ivna se jette sur le vaisselier aux tiroirs remplis à ras bord et finit par dénicher une enveloppe humide dans laquelle des lettres ont été rangées.

— Voici des lettres de son père.

Elle les déplie toutes et les deux femmes se mettent à inspecter l'écriture de ces nouvelles en les comparant avec les demandes de rançon. L'évidence leur saute aux yeux.

— Oui, c'est la même écriture, finit par dire Ivna. Un peu déguisée, mais on reconnaît le tremblement de ses T. Pourquoi n'y ai-je pas pensé plus tôt ?

— Parfois, on s'aveugle de l'évidence. Peut-être souhaite-t-il apprendre à connaître sa fille ?

— En me la retirant en pleine nuit ? Il suffisait de me le demander. Mais c'est probablement la raison pour laquelle Émilie s'est laissé convaincre, elle a toujours désiré revoir cet imbécile de poète. Son père. Ma chère Alice, je vais essayer de me rendre chez ce traître et vous tiens au courant.

— Très bien. Je dois vous laisser, je suis déjà en retard. Merci pour la limonade.

Alice accorde une accolade à sa voisine et prend ses jambes à son cou.

Alice court. Elle saute au-dessus des flaques, longe les quais et la rue de Lille, s'engouffre dans un immeuble chic, au rez-de-chaussée occupé par une compagnie bancaire. À pas de loup, démêlant son foulard à la va-vite, elle s'empresse de rejoindre son espace de travail. Il ne comporte ni murs ni sols.

À la place, un enchevêtrement de chapeaux velours, de gabardines pure laine bordées de tresses en soie, de manteaux en laine d'elbeuf au col façon renard et doublé – cela va de soi – de casaques en tricot de laine blanche, de chaussettes mérinos noires ou beiges et de chaussures richelieu glacées. Cette collection d'hiver va bientôt être exposée au Louvre pour une représentation publique. Pour Alice, c'est l'occasion de montrer son dynamisme et son implication. Elle range, repasse, coud, organise, répartit. Elle est sur tous les fronts. Peut-être pourra-t-elle bénéficier d'un don de tenues des collections passées non vendues si elle se montre suffisamment indispensable. Et puis, le Louvre ! Elle va enfin pouvoir entrer dans ce merveilleux musée. Son métier lui fait bénéficier de nombreux avantages dont elle compte profiter. Mais c'est difficile. Devant les filles, elle se vante, leur fait imaginer des pièces remplies de beaux vêtements qu'elle passe sa journée à essayer… Que nenni ! Les accessoires lui sont jetés au visage pour réparation et elle doit accélérer la cadence chaque jour un peu plus pour éviter de perdre une pièce de salaire. Ses doigts sont ridés et boursouflés à force de tenir l'aiguille, ses yeux plissés par le manque de luminosité de la pièce et son dos s'épuise à rester debout huit heures par jour. Sa mère aussi travaillait dur quand elle le pouvait encore. C'était une véritable artiste, dessinant et cousant écharpes et cravates. C'est elle qui a donné le goût de la création à sa fille, mais Alice se souvient de l'avoir vue revenir chaque soir le corps et l'esprit fatigués. Et il y a eu ce sale hiver : le chagrin de sa mère a pris le pas sur la raison, entraînant la mélancolie et l'envie de tout arrêter. Son corps a lâché et a vieilli trop vite. Les bactéries s'en sont emparées. Pourtant Alice n'abandonnera pas : elle compte travailler durement pour son foyer pour ne jamais abandonner ses rêves, jamais.

En fin de journée, lorsque son patron l'autorise à quitter l'atelier, Alice court encore. Depuis peu, elle s'est mise au sport après avoir lu des articles sur les vertus de l'activité physique. Elle s'est inscrite au sein de la fédération féminine des sports de ballon. Exclusivement réservé aux hommes avant la guerre, le football s'ouvre désormais à la gent féminine. Mais cela reste encore mal vu : jouer détourne les femmes des tâches importantes de la vie familiale et les exposent au public en petite tenue. Ces inepties diffusées par certains hommes redoublent l'envie de la jeune femme de participer à cette activité qui lui permet de s'évader du quotidien. Elle y a rencontré Denise, la capitaine de l'équipe, de qui elle se sent très proche. Évidemment, elle ne prendra jamais la place d'Emma et Léontine dans son cœur, mais elle partage son amour pour la danse et les soirées musicales. Elle s'est même confiée sur la maladie de sa mère, qu'elle n'aborde pourtant jamais auprès de ses meilleures amies, sans doute par crainte de se montrer vulnérable auprès de celles qui comptent tant.

Taper dans le ballon, faire des passes, jongler, courir. Ça défoule. C'est un pas de plus vers la liberté. Et Alice adore ça. Gagner, sentir l'adrénaline prendre son corps, la secouer de frissons et de joie, comme lorsqu'elle danse. Avoir conscience du vent caressant sa peau, des battements de son cœur qui s'accélèrent, de ses muscles qui se délient. Tout ça plutôt que d'être étriquée dans des vêtements râpeux, à obéir à ces hommes qui régissent la vie au travail ou à la maison. Non merci !

En sortant de l'entraînement ce soir-là, les rues sont sombres et les pancartes grincent. La jeune fille contourne le grand boulevard et traverse le pont pour atteindre l'autre rive de la Seine.

Elle s'achète un morceau de pain croustillant, en grignote la moitié et place le deuxième morceau au fond de sa musette contre sa tenue de sport en coton épais.

Elle a une dernière chose à faire avant de rentrer chez elle. Au numéro 3 du quai, elle se perche sur les marches d'une maison penchée et attend. La pluie commence à tomber. Alice remonte son col pour que l'eau n'atteigne pas son cou. Un homme s'approche d'elle et lui tend une pochette. Dedans, des fioles de couleurs s'entrechoquent. D'un geste brusque, elle les cache dans son sac à main.

— La monnaie.

Elle lui tend quelques pièces dorées.

— Ne dépasse pas la dose journalière.

— Merci, Sam.

— À ton service.

Les herbes médicinales sont interdites dans Paris. On la prendrait pour une sorcière si on l'apprenait. Mais c'est le seul moyen d'aider sa mère. Les médicaments ont un tel coût qu'elle ne peut se permettre de les acheter légalement.

Alice s'engage dans une ruelle étroite pour rejoindre le quartier où elle vit. Elle enjambe des pelures de fruits dans les caniveaux. Soudain, elle s'arrête, hésitante. Cette rue est réputée pour être un véritable coupe-gorge la nuit. Elle hausse finalement les épaules, ressert son manteau contre sa poitrine, réajuste la fourrure sur le dessus et s'y engage à grands pas. Le brouillard englobe les bâtiments. Le lampadaire éclaire faiblement. Alice n'y voit goutte, n'est pas rassurée, et se presse. Tout va bien se passer. Pourtant, elle a un mauvais pressentiment.

— Eh toi !

Un type à moustache et aux lèvres pincées se dirige droit sur elle. La promeneuse nocturne tourne la tête dans l'autre sens et distingue d'autres silhouettes qui bloquent la sortie derrière elle, les bras croisés. De vrais colosses. Alice étouffe un cri. Elle baisse la tête et tente de passer. Le type lui attrape le bras.

— Ne t'en va pas si vite, ma belle.

— Oui, on n'a pas fait connaissance, ricane un de ses acolytes.

— Je… je suis pressée, balbutie la jeune femme, serrant son sac contre sa poitrine, son unique rempart.

— Ah oui ? Eh bien, pas nous.

— On a même toute la nuit devant nous, renchérit un autre homme derrière elle.

Alice tourne sur elle-même, essaie de passer le barrage de bras musclés mais est repoussée en arrière. Elle trébuche, finit entre les bras du premier homme.

— Alors ma jolie, y a quoi dans ce sac ?

— Pas grand-chose, rougit-elle.

Ils sortent sans précaution les affaires de la jeune femme : vêtements de sport, bijoux, mais aussi les fioles et le peu d'argent qu'elle possède. Ainsi que les clés de chez elle. Ils volent ce qui les intéresse et se débarrassent du reste. Puis, c'est l'être humain qui attire leur attention. Alice grimace, retient sa respiration et repousse une mèche de cheveux tombée sur ses yeux. Elle tente de soutenir leur regard.

— Je peux y aller, maintenant ?

— Oh, mais on n'en a pas fini avec toi.

— C'est vrai ça, grisette !

L'un des hommes rapproche son haleine fétide de sa bouche. Alice tente de se dégager mais ils lui maintiennent les bras. Alors qu'elle veut crier, une énorme main s'abat sur sa bouche, empêchant le moindre son de sortir. Ils l'insultent, passent leur main luisante le long de sa jambe. Elle ferme les yeux, tente d'oublier, de ne penser à rien. Elle sent la langue visqueuse d'un de ses vils assaillants entrer dans son oreille. Elle veut se dégager, essaie de balancer sa jambe droite devant elle pour atteindre un bout de chair. Mais elle n'a pas assez de force. Elle entend des grognements. On ressert la pression sur ses bras, on la frappe. Alice bascule. Puis entend un chien au loin. Et un deuxième bien plus près. L'un des hommes la lâche. Elle s'écroule sur le sol. Des coups donnés dans l'urgence lui brisent le dos, elle pousse un râle, le dégoût lui monte à la gorge, puis elle voit les chaussures cirées des individus s'échapper dans la ruelle.

Le silence revient.

Un silence plombant. Elle sanglote. Se recroqueville sur elle-même. Elle reste longtemps ainsi, des minutes entières. Elle a mal partout, a honte aussi. Elle serre ses poings jusqu'à sentir ses phalanges craquer.

Au bout d'un certain temps, Alice refait surface. Elle ouvre péniblement ses yeux embués, et se lève. Son corps tremble. Elle époussette sa robe. Ramasse son sac à main vide et les quelques affaires éparpillées. Les fioles qu'elle vient d'acheter sont brisées. Le verre craque sous son pied droit. Saleté d'hommes. Elle remercie mentalement le chien qui a eu l'obligeance d'aboyer et de faire fuir ses assaillants, malgré lui. Et elle ne veut pas rentrer chez elle. Pas maintenant. Mais que dira-t-elle à sa mère qui lui demandera de justifier son retard ? La jeune femme essuie ses larmes naissantes et termine enfin son ascension de la ruelle. Tous les hommes sont-ils ainsi ?

Trois coups portés contre la devanture. Puis des cailloux jetés contre la fenêtre du 1er étage. Enfin, le venteau s'entrouvre. Alice ne savait pas où aller sinon ici. Elle ne veut pas se justifier. D'être habillée trop court, de se balader en pleine nuit, d'être une femme. Et pourtant, elle a confiance en lui.

Louis lui offre l'hospitalité. Le bar est fermé mais il habite au-dessus. C'est grossier et mal vu pour une femme célibataire d'être invitée chez un homme la nuit mais Alice s'en fiche, elle n'a pas vraiment réfléchi, elle voulait juste une compagnie en attendant d'avoir la force de rentrer chez elle.

— Alice, que t'arrive-t-il ?

Louis fixe son visage avec attention : les contusions, sa démarche boitillante. Comme lui. Alice tente de calmer les battements de son cœur affolé. L'hôte se dégage de la porte pour la laisser entrer.

— Assieds-toi.

— Es-tu certain que ça ne te dérange pas que je sois là ?

— Quelle question !

Pendant qu'Alice s'installe et retire son manteau, les doigts encore tremblants, Louis s'affaire à préparer un thé chaud. Il humidifie ensuite un tissu qu'il propose à Alice.

— Mets ça sur ton visage, ça te soulagera. Comment t'es-tu blessée ?

— « Qui l'a fait », est-il plus juste de demander, essaie de plaisanter son invitée, mais son visage se ferme bien vite.

— Quelqu'un t'a frappée ? Alice, qui ça ?

Ses poings se serrent autour de sa canne. Le jeune homme se penche au même niveau que la femme.

— Ça va ?

Alice hausse les épaules puis étouffe un sanglot.

— Ils se sont jetés sur moi alors que je remontais une rue. Je ne sais pas qui ils étaient. Des brigands, des arsouilles, des… je ne sais pas, je n'ai pas pu m'enfuir.

— Ils ont porté la main sur toi ? Je suis désolé. Es-tu…

— Je vais bien Louis, je suis juste… fatiguée de cela.

Alice respire difficilement. Louis plante ses yeux dans les siens.

— Repose-toi. Tu peux rester cette nuit, propose-t-il.

Alice hésite. Se questionne. Ce ne serait pas raisonnable. Mais la prévenance de Louis la touche.

— Tu peux me faire confiance et te sentir à ton aise, ici. Quant à ces imbéciles, ils ne valent pas la peine qu'on s'y attarde.

Un sifflement se fait entendre. Celui de l'eau ayant atteint sa température idéale. La bouilloire cliquette bruyamment. Louis remplit une tasse d'herbes séchées et y verse l'eau chaude.

— Bois ça.

— Merci.

— J'aimerais pouvoir t'aider davantage.

Alice ne répond pas. Elle se redresse sur l'assise et observe la pièce dans laquelle elle se trouve. Écharpes, pull-over, coupures de journaux tapissent le sol. Des peintures classiques habillent les murs blancs. La présence d'une large cuisine équipée à la dernière mode surprend Alice.

— Tu cuisines ?

— J'aime cela, oui.

Puis, son regard se porte vers les fenêtres donnant sur la rue.

— Oh, comme la vue est jolie ! s'exclame-t-elle. On voit le ciel.

Un ciel noir d'encre.

— C'est vrai, j'ai la chance de ne pas vivre sous les toits, mais de bénéficier d'une vue à couper le souffle sur la Seine.

Soudain, Alice se lève en hâte, prenant conscience du lieu où elle se trouve à cette heure tardive. Lissant sa jupe d'une main, elle semble mal à l'aise.

— Que fais-tu ? demande Louis expressément.

— Je ne veux pas déranger.

— Non, pas du tout. Tu ne me déranges pas. Bois ce thé tant qu'il est encore chaud.

Il lui tend le breuvage fumant avec un demi-sourire attendrissant.

— Tu as de bons arguments. Louis, que faisais-tu avant que je m'impose ici ?

— Je développais des photos.

— Oh, tu as une chambre noire ?

— Ma salle de bains en assume pleinement la fonction.

— Je peux voir ?

— Je suis navré, le temps d'apparition de la photographie nécessite un noir complet, aussi je ne peux pas te faire entrer pour l'instant.

Devant sa mine déçue, il ajoute :

— Mais voici quelques-unes de mes photos.

Il désigne, cachées derrière un fauteuil, des pochettes regorgeant de photographies. Alice se penche et se fascine pour les rues de Paris, les portraits, les objets capturés à jamais.

— Tu es doué.

Un visage attire soudain son attention.

— Oh, c'est…

— Toi, oui. Dans le café, l'autre jour, tu te souviens ?

— Oui.

Elle prend le cliché entre ses mains, elle y semble heureuse, insouciante. Elle se remémore parfaitement ce jour-là. Elle était mélancolique mais ravie de faire la connaissance de Louis. La photo retransmet ces émotions précises.

— Prends-la.

— Oh non, je n'oserais pas.

— C'est un cadeau.

— Encore un.

Et un sourire vient illuminer son visage.

— Ah, je préfère ça, dit Louis.

Et une heure plus tard, Alice se décide enfin à rentrer, sa mère ne peut tenir plus longtemps sans elle. Louis exige de la raccompagner jusqu'à la porte de chez elle.

— Pas une seconde de plus seule dans le noir, lui dit-il.

— Ce ne sera pas la première fois.

— Tu as trop subi pour une nuit.

— C'est vrai.

Alice lui prend le bras, en sécurité, et ils s'évanouissent tous deux dans les rues de Paris.

Deux nuits se sont écoulées. La jeune couturière a donné rendez-vous à Louis.

Elle se parfume du n°5 de Chanel, prêté par Denise, et rejoint le théâtre où il l'attend.

Elle en a eu des amants d'un soir, beaucoup trop selon Emma, mais avec Louis, elle se sent elle-même. À penser à son amie, elle a le cœur qui se serre. Depuis la dispute de la dernière fois, Léontine et elle n'ont aucune nouvelle. La pauvre Emma doit vivre un cauchemar, enfermée dans les bras de son époux coléreux. Elle va en parler avec Léontine, il faut qu'elles interviennent.

Mais ce soir, elle a rendez-vous. Occulter et avancer.

La place des Champs Élysées est remplie de smokings et de robes vaporeuses. Même si Alice a fait un effort, sa tenue paraît bien terne à côté.

— Tu es très belle, lui murmure Louis à l'oreille.

Alice pique un fard. Ils sont de l'autre côté de la rue, à attendre que les riches entrent avec leurs invitations coûteuses. Eux se précipiteront dans l'entrée des artistes au dernier moment, pour grappiller les places restantes vendues à la sauvette pour quelques piécettes, à la place des trente francs exigés par les revendeurs officiels. Le seul moyen d'assister aux ballets suédois à succès du théâtre. Les secondes se transforment en minutes, il fait un froid de canard. Alice se rapproche de son compagnon.

Lorsque la place se vide et que le théâtre est sur le point de fermer ses portes, les deux spectateurs se précipitent devant l'entrée et se glissent subrepticement entre les portes.

— Deux places, mesdames, messieurs, deux places à moitié prix.

Louis lève la main et décroche les deux sésames. Ils se précipitent sur les portes de cuir rembourrées, puis descendent l'allée transversale direction les strapontins rouges près de la scène, qui grincent en s'ouvrant. Louis est juste derrière elle. Ces assises ne sont pas des plus confortables, mais elles permettent de discerner la moindre émotion sur les visages des acteurs et danseurs de la scène, ce qui n'est pas négligeable. La jeune spectatrice pose gants et chapeau sur ses genoux et observe les rangs se remplir de têtes inconnues et de manteaux de fourrure. Les ballets sont accueillis avec une grande ferveur, la salle est pleine. La coupole en rosace surplombe les gradins de moquette rouge. Puis, la lumière se tamise, le rideau s'ouvre, la musique palpite. Les danseuses montent sur scène côté jardin. Les pommettes hautes, la taille cambrée.

Alice est fascinée. Qu'elle aimerait être à leur place, sur scène, applaudie, admirée. Le théâtre est riche d'enseignements. Alice s'y sent libre, ne pense plus à rien, se laisse emporter par les pas de bourrée, les ronds de jambe, la gestuelle des bras, les costumes suédois authentiques, la musique qui transporte dans un autre pays, dans un autre temps.

Apparaît alors l'étoile de la scène, une jeune femme élancée et charismatique. Une clameur monte de la salle, tous sont subjugués. La soirée est si agréable.

Alice se cale au fond de son siège, les bras croisés, les yeux grand ouverts et ne loupe pas une miette du spectacle. C'est un moment hors du temps.

Petites annonces

Un concours de photographie de guerre recherche ses participants. 200 francs de récompense à la clé. S'adresser au bureau de la Revue française de photographie, boulevard Saint-Jacques.

Maison renommée cherche agent de sécurité en raison des récents événements nocturnes de vols et autres méfaits. Tous profils étudiés. Disponibilité immédiate exigée.

Jeune fille sérieuse cherche cape en laine tricotée entièrement plissée pour bal d'hiver. État neuf. Échange possible.

Le Cabaret du Luxembourg recherche Demoiselle expérimentée, bonnes références, pour danser sur sa scène les mardis et mercredis soir. Recommandation exigée. Tous styles.

13

Emma repose le téléphone sur son support. C'était Alice, venant aux nouvelles. Elle l'invite à s'échapper de son intérieur à la senteur lavande pour ce soir. Leur destination : un nouveau music-hall en vogue. Encore une fois, Alice est à la pointe de la mode. Emma l'admire pour cela.

— Qui c'était ?

La voix tonitruante d'Edmond résonne dans le salon. « *Living Room* », aurait précisé Alice. À l'américaine.

— Une amie.

La voix d'Emma, elle, s'étouffe comme un moineau à la vue d'un aigle royal. L'aigle apparaît contre le chambranle de la porte, habillé de son veston glacé rehaussé d'un col en laine. Il tient un quotidien à la main, ouvert sur la page centrale.

— Les Papillons Noirs ont encore frappé, sur un gang de rue cette fois-ci, œuvrant près des quais de Seine.

Pas de riches notables. Où sont les forces de l'ordre ? Ne vont-elles pas finir par les choper ?

Edmond chiffonne le journal pour en faire une boule à peine plus grande que son poing et la jette sur le lit.

— Qui c'était ? répète-t-il, comme s'il n'avait pas entendu la réponse.

— Une amie.

— Laquelle ? gronde son mari.

— Al… Une du cours de tricot.

— Que voulait-elle ?

— Elle me proposait de sortir ce soir.

Le volume de voix d'Emma est désormais à peine plus élevé qu'un cri de souris. Elle a peur, peur de son mari. Qu'a-t-il bien pu se passer pour que leur relation se brise ainsi ?

— Et que lui as-tu répondu ? insiste l'homme.

— Eh bien, que je la rejoindrais sûrement… avec ton accord, évidemment, ajoute-t-elle rapidement.

— C'est non.

— Comment ?

— C'est non, je ne veux pas que ma femme soit assimilée à des créatures de la nuit, à se débaucher dans les zincs. Je ne risquerai pas ma réputation pour qu'une écervelée aille danser sur les comptoirs.

— Nous allons simplement apprécier un spectacle, du théâtre.

— Une femme de bonne famille ne sort pas la nuit sans son mari, renchérit ledit mari.

Emma se sent mal, a les mains moites et tremblantes.

— Mais tu peux nous accompagner.

— Emma, j'ai dit non.

— Mais pourquoi ? J'ai besoin de voir mes amies.

— Tes amies ? Qui es-tu, Emma Faure ? Je ne te reconnais plus ! Sortir ! Mais quelle idée ! Tu dois rester ici et t'occuper de moi. Des hommes avec qui je suis en affaires viennent ce soir, d'ailleurs, tu feras le dîner. C'est une réunion importante !

Emma ferme les yeux une demi-seconde pour se donner du courage. Car elle choisit de ne pas se taire cette fois-ci.

— Edmond, je suis une femme, j'ai aussi mes propres besoins et envies. Tu m'interdis d'y aller donc je ne devrais pas le faire ?

— Exactement. Tu n'as pas d'envies à avoir ! Tu dois m'écouter et paraître convenable en toutes circonstances.

Son timbre est glaçant. L'atmosphère de la pièce descend de quelques degrés. Son front se ride. Emma empoigne les flancs du fauteuil et maintient fermement le tissu. C'est la première fois qu'elle insiste autant. Mais elle le doit, s'affirmer, comprendre, essayer.

— Mais je t'écoute, Edmond, bien sûr. Que se passe-t-il entre nous ? Tout allait si bien avant que…

— Avant la guerre, c'est ça ? En effet. Avant que je te laisse seule gérer notre foyer et que tu fricotes avec des femmes de petites vertus, que tu te mettes à fréquenter des ouvriers, à sortir la nuit, la nuit Emma ! Où est passée ma femme craintive et délicate ? Où ?

— Mais je suis ici.

— NON ! Tu es insolente, tu m'évites du regard. Tu me dis aller à des cours d'échecs, mais tu es incapable de te rappeler des déplacements d'un pion. Je t'ai choisie parmi tant d'autres femmes qui auraient tout sacrifié pour m'épouser, tu me dois un peu plus de respect.

À ces mots, il s'est rapproché inéluctablement du fauteuil sur lequel Emma est assise. Il lui attrape le bras, elle penche la nuque, il y dépose un baiser, elle ferme les yeux.

— Je suis fatigué de tout ça, lui souffle-t-il.

— Moi aussi.

— M'obéiras-tu, à présent ? lui demande-t-il.

Emma s'apprête à opiner du chef, soumise.

Puis elle repense à leurs balades sur l'île Saint-Louis, sous la neige, aux remarques de ses copines sur sa joie lorsqu'elle est en sa présence, et elle se rend compte qu'elle n'éprouve plus les mêmes sentiments. Que lui arrive-t-il ?

Les mains d'Edmond se posent sur son corps, avec douceur d'abord puis plus de fermeté.

— Non Edmond, je n'ai pas… je ne suis pas…

— Comment ? Tu résistes encore ?

Il l'attrape avec plus de force, lui tord le bras, la soulève d'un geste. Elle se retrouve collée contre lui. Peau contre peau, leurs souffles mêlés.

— Tu me fais mal, gémit Emma.

Il la fait taire d'un regard. Elle se laisse faire, renifle ses larmes.

— Maintenant qu'on en parle, il semblerait que j'ai reçu une lettre, à ton nom.

Il la lâche précipitamment et se dirige vers le tiroir de son bureau qui contient une lettre dactylographiée, d'un certain Théophile.

— Tu le connais, n'est-ce pas ?

Il la fixe, s'attendant à ce qu'elle dévoile tout mais les yeux d'Emma sont impénétrables. De surcroît, elle ignore qui donc lui écrit ainsi, à son domicile familial. Elle s'interroge.

— Je te la lis, alors.

Chère demoiselle inconnue, Emma, semble-t-il,

J'ai obtenu votre adresse en demandant au service d'organisation du salon de peinture le nom des invités. Il me semble que vous étiez intéressée par mes œuvres. Je serais plus qu'honoré d'en discuter avec vous autour d'une boisson. Vous semblez avoir un avis sur la question et je cherche justement à évaluer mon dernier travail par un regard extérieur mais non moins connaisseur. Vous pouvez me joindre à la galerie Ernest, où j'attendrai votre courrier avec impatience.

Mes sincères amitiés,

Théophile de la Barbansson

À peine lue, Edmond chiffonne la lettre et alimente les flammes de la cheminée avec.

— Qui est-ce ? lui demande-t-il alors.

— Je l'ignore, Edmond. Ce doit être…

— Tu me mens ? Traînée !

Sa main part comme un ouragan et vient frapper la joue de la jeune femme. Ses mèches noires volent autour de son visage et son frêle corps en suit le mouvement. Le sol est dur. Elle pousse un cri.

— Edmond, c'était simplement une exposition de ses peintures, jamais je ne…

— Tais-toi ! Tu me fais honte.

Un livre posé sur le bureau vole à travers la pièce. Emma l'évite d'un mouvement vers la gauche et se retrouve à terre. Elle tente de se relever lorsque le second livre l'atteint à la poitrine. Il tombe sur le sol, grand ouvert, comme un oiseau abattu en plein vol. Edmond a les yeux injectés de sang. Un crin de sa chevelure bien peignée retombe sur eux, lui donnant l'air d'un scientifique fou. Il se rapproche à grandes enjambées, soulève Emma d'une main et lui enserre le cou. Elle suffoque, essaie de se débattre.

— Laisse-moi tranquille, parvient-elle à prononcer.

Il a l'air furieux.

Il l'est.

Puis, il relâche son poing, la laisse pantelante. Il la regarde alors avec un air de dégoût et sort en claquant la porte. Le silence qui suit est douloureux.

Emma ne peut rester ici une minute de plus. Pour une fois, elle ne réfléchit pas, elle écoute ses émotions.

Elle se vêt douloureusement de son manteau, réordonne le salon et récupère quelques affaires. Le chemin jusque chez Léontine se fait sous les larmes. Elles coulent sans s'arrêter. De grosses larmes rondes qui divulguent tout le mal qu'elle a de ne plus aimer son mari, de le savoir violent, incompréhensible et ambitieux alors qu'il lui paraissait persévérant, fier et bien-pensant. Elle se hait de s'être trompée. Avant de partir, elle a eu la force de rappeler Alice à son travail, de lui dire de laisser tomber le music-hall, et de les rejoindre chez Léontine, qui habite au plus près. Il est vrai que, quand on est triste et apeurée, qu'on se sent seule, on pense que personne ne va comprendre notre détresse. Pourtant, c'est en regardant les gens heureux, ou du moins ceux qui réussissent à faire passer les moments heureux au-dessus de tous les autres, qu'on peut remonter la pente à son tour. Parce qu'on a besoin des autres. Emma le comprend maintenant. « Je t'expliquerai », a-t-elle dit dans un ultime sanglot au téléphone.

Cela fait longtemps qu'elles ne se sont pas vues. Mais l'amitié a cette force de bousculer le temps.

La pension pour jeunes filles où vit Léontine accueille dix locataires dans une jolie maison décorée avec goût et tenue par une vieille dame agréable. Emma se présente rapidement et grimpe les escaliers qui craquent, comme ses jambes fatiguées. Léontine est au dernier étage, sous les toits. Elle est étonnée de la voir, mais elle n'en laisse rien paraître. Sa chambre est à l'écart de l'agitation du salon partagé mais elle est petite, il y fait froid, le chauffage est inexistant. Léontine a calfeutré les fenêtres de tentures en soie de chine pour empêcher l'air froid de se faufiler. Un tabouret bancal, un réchaud et un lit à ressorts remplissent bien vite la mansarde. Emma essuie ses larmes mais est dévastée. Son cœur tambourine contre sa poitrine. Alice arrive quelques minutes plus tard le souffle court.

— J'ai fait aussi vite que j'ai pu.

Elle est ravie que ses amies ne tiennent pas compte de leur dispute précédente. Qu'elles l'accueillent comme si elle n'avait jamais eu lieu.

— Je suis désolée pour la dernière fois, renifle-t-elle.

— Tu n'as pas à t'excuser, nous sommes tes amies, la rassure Alice.

Elle leur raconte la scène en essayant de ne pas flancher. Alice lui tient la main. Pourtant, malgré le choc de la situation, et à cause de celui-ci, sans doute, elle continue à le défendre. Comment Edmond a-t-il pu changer à ce point ?

— Je suis mariée, je dois jouer mon rôle auprès de ma famille, c'est important aux yeux de la société, l'image qu'on donne. Edmond a raison.

Alice effectue un bond latéral vers Emma sur le sommier.

— Retire ce que tu viens de dire.

— Tu n'as qu'à le quitter, propose l'hôte.

— Je ne peux pas divorcer. Comment ferais-je sans argent ?

— Tu trouveras un travail, comme nous. À l'usine ? En attendant, tu peux dormir ici, on se serrera.

— Merci.

Emma est émue de cette proposition. Même si dans cet espace exigu, poussiéreux et humide, tout la rebute. Léontine vit ici, se souvient-elle alors. Elle peut y arriver.

Le matelas s'affaisse sous le poids de leurs corps. Un. Deux. Trois. Elles se serrent les unes contre les autres. Cils contre cils. Dos contre dos. Le silence endort la pièce.

— S'il vous plaît, apprenez-moi une bonne nouvelle pour une fois, les supplie Emma en prenant sa tête dans ses mains.

Alice se lance.

— J'ai rencontré quelqu'un. De bien. C'est le bon, je crois.

14

Cela fait une semaine qu'Emma vit chez Léontine.

Alors que son hôte part travailler, Emma se penche à la fenêtre et regarde les oiseaux passer. Elle lit le journal, cuisine, lave le sol. Ce n'est pas différent de ce qu'elle faisait avant. Mais elle écoute la musique sur *Radio Tour Eiffel*, aussi. Elle s'est toujours intéressée à l'actualité, à la musique, à l'art. Comme les héroïnes des romans qu'elle aime tant mais qu'Edmond refusait qu'elle lise.

Soudain, un son fait tressauter l'écoute, comme des crépitements, puis une voix anonyme qui parle une autre langue. Anglais ? Elle ne le comprend pas, ne peut pas être certaine. Elle se souvient, pendant la guerre des Poilus, d'espions qui brouillaient les radios avec des déclarations à l'attention des alliés. Ce souvenir la fait frissonner. Quelqu'un essaye-t-il de faire passer un message ?

L'émission sur la TSF, le poste de radio, reprend son ton habituel. Des bavardages et une musique instrumentale en fond.

« Petite annonce de dernière minute, chers auditeurs. Le Musée du Louvre recherche une guide pour ses collections, uniquement une femme. Hébergement compris. Rendez-vous à 15 h 20 devant l'horloge… Et tout de suite, un air d'Alibert que vous connaissez tous, *Ça va faire, oui ma chère, sensation car ça tourne à l'obsession*. Reprenons en chœur ! »

C'est pour moi, se dit Emma. Elle a besoin d'un travail et elle a toujours aimé la peinture. Elle consulte l'heure sur la grande pendule sculptée. Plus qu'une demi-heure pour atteindre le musée. Et l'horloge du musée, où se trouve-t-elle ? Elle n'en sait fichtre rien. Elle n'a pas souvent l'occasion de se rendre dans le plus beau musée de Paris. Elle redoute même de se présenter devant les portes, où de redoutables gardiens ne laissent passer que les mieux vêtus d'entre tous. Mais Emma sent son visage s'éclairer d'un sourire. Elle a trouvé un but.

Le hall d'entrée du Louvre regorge de chapeaux, de pipes et de montres à gousset portés par des hommes, et femmes endimanchés pour la visite. Emma se sent pataude dans sa tenue élimée, qu'elle porte depuis qu'elle a emménagé chez son amie. Elle n'a même pas pris le temps de se changer. Pourtant, le gardien s'est effacé en sa présence, l'invitant à pénétrer en ce haut lieu. Emma sort de sa poche quelques pièces, subtilisées à Edmond avant de s'enfuir, pour payer son billet d'entrée.

Un immense escalier dessert un enchaînement de salles de peintures et de dessins. Les traverser semble interminable à Emma, et quelque peu frustrant. Elle n'a pas le temps de s'arrêter pour admirer la représentation d'un paysage ou la beauté d'un portrait. Il faut qu'elle demande son chemin de peur d'être en retard. La jeune femme est étonnée d'apercevoir briller sur la flanelle de ces dames un sobre papillon de teinte noir. Comme une marque de ralliement à celles qui ont encore fait parler de leurs exploits la veille au soir, et que personne n'arrive à identifier. Les Papillons Noirs deviennent si connus que dans la rue, beaucoup de femmes portent fièrement leur attribution. Ce qui brouille les pistes de la police. Porter cette marque ne veut pas dire faire partie du gang.

La visiteuse jette son dévolu sur une vieille dame.

— Excusez-moi ? Où se trouve l'horloge ?

— L'horloge ? Quelle horloge, mam'zelle, il y en a tellement ici.

— Eh bien, je… à vrai dire, je ne sais pas.

— Alors ne me faites pas perdre mon temps.

Emma est décontenancée devant toutes ces allées, ces tableaux. Elle a envie de passer des heures devant chacun d'eux mais elle a rendez-vous. Il faut qu'elle obtienne cet emploi. Elle est qualifiée, elle le sait. Passionnée, tout du moins. N'est-ce pas la même chose ?

Elle décide de revenir sur ses pas. Être méthodique. Une petite fille aux longues tresses rousses de chaque côté de son visage aquilin fait le pied de grue devant l'escalier monumental. On dirait l'héroïne d'un roman. Son sourire disparaît lorsqu'elle croise son regard. La fille se dirige droit vers elle.

— À quelle heure avez-vous rendez-vous, très chère ?

Emma est étonnée mais elle n'en laisse rien paraître. La voix de la fille est grave et un accent perle ses syllabes.

— 15 h 20, mais je suis déjà en retard.

— Seul un tableau ici représente une horloge dont les aiguilles sont tournées sur 15 h 20.

— Ah oui, un tableau ? Lequel ?

— Aile ouest, je n'en dirai pas plus.

Emma la remercie d'un signe de tête puis relève son jupon et se met à courir, faisant fi de la bienséance.

À bout de souffle, elle finit par arriver devant une longue alcôve qui dessert les peintures royalistes des temps anciens. Elle trottine dans les couloirs, la tête virevoltant à droite puis à gauche, pour discerner cette fameuse horloge. Les toiles sur les murs agrippent son regard mais que nenni, elle n'a pas le temps, elle veut décrocher cet emploi.

Et puis elle la voit, cette peinture qui représente une femme de dos, le bras levé vers une grande horloge octogonale dont les aiguilles sont fixées sur 15 h 20. Derrière, un ciel d'orage. Des rues désertes et glaciales. « Paris, 1520 », indique le cartel.

Deux jeunes femmes sont positionnées devant la toile, à se tourner les pouces, à frétiller sur place. L'une a la taille haute, l'allure pimpante et un chapeau cloche pare sa chevelure, la deuxième semble moins affable, le nez long et les vêtements miséreux et poussiéreux.

— C'est ici ? demande Emma.

— Chuuut !

— On s'est déjà fait réprimander deux fois.

— Vous êtes en retard !

Une grande dame claque ses talons sur le sol de marbre et se dirige vers les trois femmes. Ses cheveux blonds sont noués sur sa nuque en un élégant chignon. Elle est vêtue d'une longue robe de mousseline noire.

Très sobrement habillée, certes, mais il émane d'elle une force et une intelligence impressionnante. Elle parle elle aussi avec un accent prononcé. Ses « R » sont roulés, ses « U » mangés. Elle avale les mots et les recrache comme un vieux bout de chiffon. Emma reconnaît l'accent russe de ses propres ancêtres.

— Pardon, je…

Emma s'agite, nerveuse de la tournure qu'a pris l'événement.

— Mais vous avez porté un intérêt à notre petite annonce et résolu la première énigme, aussi, à voir votre nombre restreint, je vais faire une exception et accepter les retards brefs, continue la femme.

La jeune fille aux tresses, croisée tout à l'heure, est à ses côtés, sautillant et sifflotant comme un homme. *Étrange*, pense Emma. Comment a-t-elle pu parcourir la distance aussi rapidement qu'elle, sans être essoufflée ?

— Votre mission, à présent, consiste à résoudre deux nouvelles énigmes. Et vous pourrez faire partie de notre équipe. Suivez-moi.

Les deux jeunes filles précédemment collées à la toile bavardent, tout en ajustant leur pas sur ceux de la grande dame. Emma reste en arrière, à triturer son anneau de mariage. Après moult tergiversations, elle l'ôte. C'est terminé pour elle. Paris est assez grand pour que jamais elle ne recroise Edmond. Et si elle décroche ce travail, elle pourra avoir son chez-elle, enfin !

La bague tombe discrètement sur le sol, avec un léger tintement lors de l'impact. Sans se retourner, Emma sourit. Elle est libre.

La salle dans laquelle elle pénètre est déserte. Hormis une teinture moyenâgeuse lui rappelant celle de *La dame à la licorne*, qu'elle a pu admirer dans un article faisant mention de l'œuvre comme une allégorie des cinq sens, les murs sont vides. La grande dame à l'accent s'arrête, fait volte-face et observe les trois candidates. Emma a les mains humides. Elle n'a jamais eu à vanter ses qualités pour un emploi. Pendant la guerre, elle a été réquisitionnée tout de suite à l'usine. Elle se demande ce qu'elle va bien devoir prouver. Son sens du discernement, ses connaissances en Histoire de l'art, son charme ?

— Bien, mesdames. Agissons diligemment. Une seule d'entre vous sera sélectionnée pour être guide dans notre beau musée, comme moi. Nous allons devoir vous départager. Voici la deuxième épreuve…

Devant ses mains, apparaît comme par magie une table roulante poussée par la petite fille aux tresses. Dessus, un méli-mélo d'objets scintillants et raffinés. Des bijoux, des diamants, des coffrets, mais aussi des statuettes, des tableaux de peintres disparus. La table déborde de merveilles.

— À vous de choisir l'objet qui, selon vous, mérite d'être exposé dans le musée. Pour son caractère exceptionnel et enivrant, bien évidemment.

Ses deux concurrentes se jettent sur la table comme des mendiants devant un bout de pain, et prennent en main chaque parure, vase et livres anciens. Emma reste en retrait. Elle observe. Elle doit choisir un seul objet. Ce qui signifie que les autres ne sont pas dignes d'intérêt. Ou du moins, pas pour le musée.

Bien, que viennent observer les hommes ici ? Des peintures, des chefs-d'œuvre des temps anciens qui ont une histoire. Emma se penche sur la table, impossible de déterminer l'époque de chaque objet. Seuls les tableaux peuvent révéler des indices.

D'un geste précautionneux, elle tire vers elle un châssis de toile recouvert de peinture. Il y a plusieurs tableaux sur cette table. Lequel pourrait être le plus à même d'être accroché entre ces murs ?

— Celui-ci, s'exclame une des candidates, la plus richement vêtue.

Elle tend devant elle un gros diamant scintillant.

— Exceptionnel et enivrant, ajoute-t-elle.

— C'est votre choix ? demande la juge.

— Oui.

— Merci, demoiselle. Veuillez reposer l'objet. Comme ceci, délicatement, je vous prie. Émilie va vous reconduire.

La petite fille rousse s'approche alors, prête à répondre aux ordres. La femme passe d'un sourire nacré à une bouche cerise étonnée.

— Comment ? C'est fini ?

— Vous avez effectivement échoué à cette deuxième épreuve, stipule la grande dame à l'accent chantant en croisant les bras.

Emma perçoit ses lèvres s'arrondir légèrement comme si elle prenait un malin plaisir à destituer une des candidates.

— Mais comment ? C'est un scandale ! Un diamant est la pièce la plus exceptionnelle sur cette table.

— Pas pour tous, malencontreusement. L'appât du gain ne fait pas tout. Mais merci de votre participation.

Et elle se détourne de la femme qui continue à protester. Emma se reconcentre. Les mots de la candidate et de la juge lui reviennent en mémoire. Enivrant. Cela a-t-il un rapport avec le vin ? Elle discerne une petite toile en retrait où des hommes sont en train de boire à un banquet. Une scène pastorale, qui plus est. Elle a tout à fait sa place dans un musée. Alors qu'elle s'apprête à tenter sa chance, l'autre candidate lui vole des mains la toile et la propose.

— Je prends cet objet.

Sa confiance en elle prend Emma au dépourvu. C'est terminé, elle a échoué, songe-t-elle.

— Hum, intéressant. Vous avez compris l'intérêt du vin, mais réfléchissez, voyons, une scène où seuls les hommes sont autorisés à boire n'a aucun intérêt. Vous échouez aussi. Cependant, vous aurez le droit à une seconde chance avec l'épreuve suivante. Et vous ?

Elle s'adresse cette fois-ci à Emma. *Réfléchis, Em', réfléchis.* Le vin était une bonne piste, mais les hommes ne sont pas la réponse. Qu'y a-t-il d'autre sur la table ?

C'est alors qu'elle aperçoit une amphore, dépourvue de pieds et ornée de motifs entrelacés. Elle date de l'antiquité, cela ne fait aucun doute. Et cet objet servait à transporter le vin. Serait-ce la réponse ?

Elle jette un œil aux deux femmes. Sa concurrente et son arbitre. L'une est impassible, l'autre s'impatiente. Hum, oui, elle se souvient à présent que l'amphore était le moyen pour les femmes de transporter du liquide divin et de se rapprocher des divinités, par la même occasion. Cette tâche de service refusée aux hommes leur offrait donc un avantage. Allez, du bout des doigts,

Emma s'empare de l'anse de l'objet et le tend devant elle. La grande dame cligne des yeux.

— Très bien, vous avez trouvé la seule chose qui ait véritablement de la valeur sur cette table. Émilie !

La petite fille est revenue, et pour donner suite au claquement de doigts de sa supérieure, s'empresse de retirer la table de leur champ de vision.

Emma perçoit que malgré les ordres, Émilie regarde avec beaucoup d'affection la femme et cette dernière ne la lâche pas des yeux, comme si un lien puissant existait entre les deux. Sont-elles mère et fille ?

— Pour la prochaine énigme, nous passerons dans la pièce suivante.

Les deux candidates calent leurs foulées sur celles de l'examinatrice, qui franchit une porte en bois foncé. La pièce est cette fois-ci décorée par de splendides tableaux accrochés aux murs, des statuettes posées sur des colonnades et des dizaines de visiteurs curieux, prenant des notes ou s'exclamant devant la beauté de certains portraits.

— Nous voici dans l'aile occidentale du musée et cette pièce est l'ancienne salle des gardes du roi Henri II, pour votre information.

— Que doit-on y faire ? s'impatiente la femme, en triturant la manche de son pull élimé.

— J'y viens. Un peu de patience. Parmi ces œuvres réalisées par de grands artistes, une seule est fausse. Une contrefaçon. Une pâle copie. Vous avez cinq minutes pour la débusquer.

Le cœur d'Emma s'accélère quand elle voit sa concurrente courir à travers la pièce pour analyser chaque tableau. Cette épreuve va faire appel à son sens artistique et ses connaissances. *Je vais y arriver*, se répète-t-elle pour se donner confiance. Emma doit simplement oublier l'enjeu, les visiteurs autour, les regards scrutateurs.

Emma prend le temps de regarder. Elle reconnaît certaines œuvres. Un Vermeer, des artistes italiens. Il y a une grande fresque qui narre une bataille antique, des peintures religieuses et l'acrylique d'un paysage de forêt enneigée. Les statuettes sont des bronzes de corps tout en rondeurs. Elle trouve ces œuvres belles et de grande qualité, comment peut-elle réussir à y discerner un faux ?

— Trois minutes.

Il faut qu'elle se dépêche. Emma examine les signatures en bas des tableaux. Les dates griffonnées, l'état de la toile et des encadrements. Elle contemple ensuite un tableau de nature morte représentant un bouquet de fleurs des champs. Le vase est d'un bleu très intense.

Peut-être trop intense pour l'époque de réalisation ? Elle ne s'y connaît pas assez pour répondre à cette interrogation. À côté, un petit format révèle beaucoup de craquelures sur le vernis. Est-ce la réponse ? Emma est perdue. S'emmêle les pinceaux dans ses déductions.

— J'ai trouvé ! crie la deuxième candidate.

Les visiteurs se retournent, étonnés.

— Pardon, souffle-t-elle en se dirigeant vers la femme à l'accent russe. Je pense avoir trouvé la copie.

— Je vous écoute.

La candidate désigne l'œuvre de Vermeer. Emma fronce les sourcils. Elle en est certaine, ce tableau représentant une femme en train de coudre avec de la dentelle est un vrai. Il y a tellement d'émotions qui s'en dégagent.

— Je prends note de votre réponse. Plus qu'une minute pour vous, s'adresse la grande dame à Emma.

Celle-ci acquiesce. Elle doit trouver. Il le faut ! Emma a alors une idée. Elle se précipite vers un vieil homme en uniforme, qui prend des notes dans un coin.

— Pardon monsieur, puis-je vous emprunter votre lorgnon ? Quelques secondes tout au plus, implore Emma.

— Eh bien… oui oui, allez-y.

Emma s'empare de la paire de lunettes sans branches et la fixe à son œil pour observer plus attentivement les détails des tableaux. Elle n'a le temps d'observer qu'un seul mur. Elle espère que ça suffira. Ainsi affublée, elle discerne des dessins cachés, des personnages miniatures au dernier plan et des couleurs apparentes en sous-couche : les peintures lui apparaissent sous un nouveau jour. Le portrait d'une jeune princesse éclairée par une lumière frontale, vêtue d'une robe brodée de fils d'or, affalée dans un fauteuil aux larges bords pour y lire un livre avec concentration retient alors son attention. Il date de 1610. À l'œil nu, l'écriture sur les pages du livre n'est qu'une calligraphie illisible. Mais avec le lorgnon, Emma arrive à déchiffrer : « L'homme, ce despote sauvage, eut soin de proclamer ses droits. Créons des droits à notre usage, à notre usage, ayons des lois ! »

Emma fronce les sourcils. Cet extrait, elle le connaît. Ce sont les paroles d'une chanson qu'elle entendait souvent psalmodier parmi les ouvrières de l'usine. Une nouvelle version de la Marseillaise destinée aux femmes, rédigée en 1848, bien après l'achèvement de ce tableau.

— Temps écoulé ! Je vous écoute.

Le cœur battant rapidement, Emma se rapproche de la dame qui attend pour les départager. Elle n'a plus le temps de réfléchir. Ce tableau lui semble faux. Les éléments ne concordent pas chronologiquement.

— Je pense que ce portrait d'une princesse est un faux, murmure-t-elle.

Elle espère ne pas se tromper.

— Quelle joie de voir votre assiduité à l'œuvre. C'est exact, ce tableau a été contrefait avec des mots modernes peints sur la toile, tandis que cette peinture de Vermeer est bel et bien authentique.

Emma retient sa respiration, ravie, tandis que la deuxième concurrente se crispe.

— Puis-je récupérer mon lorgnon ? s'est approché le vieil homme à pas de velours.

— Oh, évidemment. Voici. Et merci pour l'emprunt.

— Je vous en prie, dit-il avec un sourire à moitié caché par sa moustache.

Sans lui, Emma n'aurait jamais trouvé la solution. Elle lui doit beaucoup.

La petite fille aux tresses se penche alors à l'oreille de l'examinatrice pour lui souffler un mot. Cette dernière se redresse en souriant.

— Sur une idée d'Émilie, voici une dernière question pour vous départager : vous trouvez une pièce de 10 francs par terre qui appartient à un homme juste devant vous, que faites-vous ?

Emma réfléchit. Hum… Elle a fortement envie de garder la pièce pour elle. En effet, elle a besoin d'argent à présent. Mais elle est trop morale pour cela, non, elle la redonne à son propriétaire, bien entendu. Cependant, elle ne montre pas sa trouvaille de suite, elle demande si quelqu'un n'a pas perdu quelque chose, pour être certaine que la pièce lui appartient.

— Je la lui rends, bien évidemment, affirme la deuxième candidate. Bien que je ne voie pas en quoi cette devinette m'aidera à travailler en ces lieux.

Son nez se retrousse à chaque mot qu'elle prononce. Elle semble vexée d'avoir échoué à l'épreuve précédente.

— Et si la personne est richement vêtue ?

— Je ne comprends pas bien le sens de cette question.

— Vous m'en voyez désolée.

La jeune fille balbutie un semblant de réponse.

— Une riche personne a-t-elle besoin d'argent, c'est ce que vous me dites ? Non, certes, mais cela lui appartient. La possession est importante de nos jours, je fais mon devoir en lui rendant, en tant que femme.

— Puisque vous êtes une femme, vous êtes à ses ordres ? C'est ce que vous essayez de dire ? rétorque la responsable de cet entretien.

Les yeux sombres de la candidate se plissent. Emma se sent de plus en plus mal. Que va-t-elle répondre, son tour venu ?

— Non, je… j'essaie de faire le bien.

— Très bien, je prends note. Et vous, que faites-vous ?

Ça y est, c'est son moment. Emma effleure l'endroit où elle portait sa bague depuis tant d'années. Palper le vide autour de son doigt la recentre.

— Je…

— Parlez, je n'ai pas toute la journée.

Emma ne réfléchit plus. Elle se laisse porter par ses émotions.

— Eh bien, si c'est un homme, je me pose des questions sur son statut : s'il a vraiment besoin de cet argent…

— Oui, et que faites-vous avec la pièce ? Vous la gardez ?

— Non, je la donne à quelqu'un qui en a besoin, une femme démunie, peut-être.

— Hum. Émilie, je te laisse choisir celle qui accédera à la deuxième étape.

Les deux femmes sont surprises.

— Comment ? C'est une enfant qui décidera de mon avenir professionnel ? s'étonne la concurrente.

— En effet !

Émilie s'avance entre les deux. Puis sort de sa poche la bague d'Emma. Cette dernière est tellement surprise qu'elle en reste muette.

— C'est à vous ? Je vous la rends.

Émilie tend le bijou à la concurrente au nez frétillant et aux habits troués.

Celle-ci hésite, mais voit la splendeur du bijou. C'est sans doute la première fois qu'elle a l'occasion de détenir une si belle chose. C'est une belle bague en or, sertie de diamants. Edmond l'a fait polir par un joaillier d'exception au cœur du Marais.

— Eh bien… non je… peut-être oui, c'est à moi, merci, répond l'interpellée.

Émilie donne la bague à la jeune fille qui l'enfile. Elle lui va comme un gant. Emma en reste bouche bée. Comment a-t-elle pu s'approprier cette bague de mariée, la sienne qui plus est ? Elle n'ose rien dire, car elle l'a jetée, elle n'en veut plus. Mais tout de même !

— Je choisis cette dame.

Le doigt d'Émilie se dirige droit vers la poitrine d'Emma.

— Oh je… C'est vrai ?

Elle n'en revient pas, sa bouche se tord en un rictus stupéfait.

— Félicitations !

La grande dame se tourne vers sa concurrente.

— Quant à vous, je vous raccompagne.

La concurrente fixe la bague à son doigt puis rougit.

— Je pensais avoir réussi. Ai-je mal agi ?

— Vous aviez vos propres raisons d'agir. Mais ce ne sont pas celles que nous attendions, voilà tout. Il y aura d'autres occasions, madame.

La femme s'efface dans une révérence aux côtés de la guide. Emma se retrouve seule avec Émilie qui joue avec ses tresses, l'air faussement détaché.

— Pourquoi m'avoir choisie ?

— Vous avez bien répondu à la question. Mais ce ne sont que des paroles. Si la situation se présentait réellement, auriez-vous consenti également à donner au plus démuni la pièce ou le trésor, quel qu'il soit ? Je devais m'en assurer.

— D'où le test de la bague, en déduit Emma. Tu savais qu'elle m'appartenait.

— En effet. J'ai cru que vous l'aviez perdue. Mais vous n'avez rien dit. Vous avez laissé quelqu'un d'autre l'avoir parce qu'elle en avait plus besoin que vous.

— C'est une façon de voir les choses.

La femme à la robe noire est de retour.

— Puisque tu t'es bien débrouillée, et si tu le souhaites, je te formerai pour guider les visiteurs dans cette noble institution. Tu as l'air de t'y connaître en art, à toi de le transmettre. Nous te paierons, bien entendu. Chaque femme doit être rémunérée pour ce qu'elle fait pour la société. Nous connaissons un notaire qui n'exige pas l'autorisation d'un mari pour toucher son argent, monsicur Durand. Et tu pourras bénéficier d'une petite chambre dans l'aile est.

— Oh, ce serait parfait.

— À présent que tu es seule, nous avons une épreuve spéciale pour toi. Nous devons être certaines de te faire confiance pour te la confier.

Emma expire une bouffée d'air. Ce n'est pas fini. En quoi peut bien consister cette épreuve ? L'inconnu lui fait peur et voilà qu'elle se lance dans un défi mystérieux.

— Que penses-tu des Papillons Noirs ? lui demande subitement la guide.

Quelle drôle de question. Les Papillons Noirs. Que vient faire ce gang de voleuses de riches dans la conversation ? Il y a quelques mois, elle était étonnée de leurs actes, méfiante également de ces femmes qui se comportent comme des hors-la-loi. Il y a quelques semaines, elle les haïssait, d'avoir volé à Edmond des objets et sa fortune. Mais aujourd'hui, que ressent-elle ? Elle les comprend un peu plus. Il lui semble que la seule chose qu'elle doit répondre, c'est ce qu'elle perçoit au fond d'elle à cet instant précis.

— Elles me fascinent.

Le silence est plombant dans la salle. Elle a l'impression d'être scrutée de toute part. On lui a demandé son avis, elle l'a fait. Peut-être doit-elle argumenter. Expliciter. Mais que peut-elle dire d'autre ? Elle ne les connaît pas, seulement leurs actes dans la presse. Finalement, la grande dame lui tend le bras :

— Moi, c'est Ivna, danseuse à mes heures perdues, guide dans le musée le plus beau du monde le jour et Papillon Noir la nuit.

— Vraiment ? s'étonne Emma de cette déclaration.

— Vraiment. Es-tu prête à en devenir un ?

— Je ne sais pas. Je… ne me suis jamais posé la question.

— Je te laisse le temps de réfléchir. Rejoins-moi demain soir à 21 heures devant la librairie qui jouxte le musée, si ça t'intéresse toujours. Si non, tu commenceras la semaine prochaine ton nouveau travail. Évidemment, cette conversation doit rester entre nous. Tu es liée par le secret à présent.

Emma déglutit. Mais acquiesce. Elle est fière qu'on lui révèle cette confidence.

— Et je te présente ma fille : Émilie.

La petite fille la salue de la main. Ainsi, elle avait raison. Mère-fille. Son instinct ne l'a pas trompée. Et cette fois-ci, doit-elle le suivre et revoir Ivna le lendemain ? Ou se contenter de prendre le travail de guide et rentrer chez elle, sans rien attendre de plus ?

LA GRÈVE continue...

Troisième jour de grève à l'usine de jouets de guerre du troisième arrondissement. Les ouvrières refusent de reprendre le travail tant qu'un salaire équivalent à celui des ouvriers ne leur sera pas octroyé. Elles souhaitent montrer que par l'union, elles obtiendront gain de cause. Une revendication qui risque de coûter cher au patron. Et les enfants auront-ils leurs jouets à temps pour Noël? On peut se poser la question, chers lecteurs!

Toujours est-il qu'après avoir passé deux jours assises devant les marches de l'usine, les bras croisés, les ouvrières ont commencé hier à recouvrir la façade d'affiches engagées pour les droits des femmes dans le travail, afin d'attirer les passants. Un acte que nous désapprouvons au journal. Espérons que les grévistes seront bientôt contraintes à reprendre le travail...

Amicalement vôtre, Gildas Laveine
L'Éclair, 29 octobre 1922

NOVEMBRE 1922

15

Il a fallu une heure pour que sa mère descende les 124 marches de l'escalier qui les conduisent de leur minuscule appartement sous les toits à la rue animée en ce jour de célébration. C'est seulement la deuxième fois en un an qu'elle trouve la force de sortir de chez elle. Alice l'a habillée chaudement pour l'occasion. Pourtant, dès les premiers pas dehors, sa mère frissonne.

— Ça ne dure qu'une heure maman, il faut que tu tiennes.

— Oui, je vais y arriver. Mais ne me lâche pas.

— Je suis là.

Agrippée au bras de sa fille unique, Aimée parcourt du regard ce qu'elle ne voit plus depuis qu'elle est tombée malade : le bruissement des feuilles dans les arbres, l'agitation de la foule vaquant à mille et une occupations, les conversations houleuses ou amicales entre deux personnes, la beauté de l'architecture parisienne.

Entre autres. Si elle est sortie aujourd'hui, entre deux toux et spasmes indomptables, c'est pour assister à la première commémoration de la fin de la guerre.

En ce 11 novembre, une minute de silence devra être appliquée en mémoire de l'armistice. Le gouvernement a également désigné ce jour comme férié. La ville en est paralysée. Les Parisiens ont le droit de ne pas aller travailler et de se rassembler sur les places et squares.

À 11 heures précises, tout Paris devra se taire, pour célébrer la victoire et la paix. Et il est bientôt l'heure.

Alice et sa mère trouvent un banc libre pour s'asseoir et attendre le premier roulement de tambour suivi de la salve d'artillerie qui déclenchera le compte à rebours de la minute de silence. Elles n'habitent pas loin de la Seine, c'est une chance, car elles n'ont pas eu besoin de marcher beaucoup pour être à bonne distance du son proclamant le départ. Alice tente d'ignorer les perles de sueur qui tombent du front de sa pauvre mère. Elle n'aurait de toute façon pas pu se déplacer davantage.

Soudain, les tambours se déclenchent. Assourdissants, envahissants.

— Tu es prête, maman ? Motus et bouche cousue à présent.

Les premières secondes se font dans le silence le plus total. Les passants se sont arrêtés, de peur que leurs talonnettes résonnent sur le sol. Même le vent a faibli. Puis, un coup de clairon brise le calme environnant. *Cela ne fait pas une minute*, pense Alice, *à peine 30 secondes.*

Des bruits de klaxons retentissent. Puis, de nouveau les tambours et les tirs, comme si on repartait pour une nouvelle minute. Alice n'y comprend rien, mais elle ne dit rien. Sa mère a fermé les yeux. S'est-elle endormie ?

Enfin, la minute laisse sa place à une deuxième. Le monde autour reprend vie. Les conversations renaissent, certains prient, pensent aux morts de la guerre.

— Ça y est maman, on peut rentrer si tu veux.

— Restons encore un peu, j'aimerais profiter des rayons du soleil.

C'est vrai que cette journée est particulièrement ensoleillée. Froide, mais lumineuse. Alice discerne les rides de ses yeux plissés. Elle fait âgée, aujourd'hui. Elle repense à une conversation qu'elles ont eue hier soir, alors qu'elle lui administrait des médicaments achetés au marché noir. Aimée veut absolument qu'elle se marie. « Pourquoi pas à l'un de ces immigrés qui arrivent à Paris ? Il y a du choix », lui a-t-elle proposé. « C'est inconcevable de ne pas être mariée à ton âge ! »

Alice n'a pas répondu. S'est contentée de hocher la tête, avec un sourire. Tout passe avec un sourire.

Il est vrai que les Russes et les Américains arrivent en grand nombre, fascinés par les nouvelles libertés artistiques que le pays offre. Mais la jeune femme a instantanément pensé à Louis. Sa mère l'aimerait-elle ? Il est trop tôt pour parler de mariage, elle le connaît si peu, et pourtant…

Lui aussi doit assister à la cérémonie. Elle l'imagine sur son propre banc, les yeux fermés, mutique. Il n'en parle jamais car la guerre évoque des souvenirs douloureux, mais elle le sait blessé par son passé. Il a perdu beaucoup : des amis, sa jambe, son enfance.

— C'est bon, on remonte.

— Bien, maman. Accroche-toi à moi. C'est parti !

En arrivant devant la porte cochère de leur immeuble, Alice repère une grande dame familière accompagnée de son portrait craché, bien plus jeune et portant de longues tresses épaisses.

— Ivna ! s'écrie-t-elle. Est-ce…

— Oui, Alice. Je te présente Émilie. Ma fille.

Alice est ravie que sa nouvelle amie puisse de nouveau étreindre son enfant. Elle se présente à son tour à la jeune fille au nez retroussé, le visage malicieux.

— Tu avais raison, confie tristement Ivna. Son père est à la rue, vendant des poèmes à la sauvette, ce qui ne lui fournit pas de repas chauds suffisants. Il a croisé

Émilie richement vêtue en une occasion particulière, et a cru qu'il pourrait me demander de l'argent en échange. Il l'a donc enlevée en pleine nuit. Il ne se souciait même pas de sa propre fille. Quand je lui ai dit que je m'en sortais à peine, ne pouvant lui donner quelques pièces, il me l'a rendue sans un mot ! Comment qualifier cet homme…

Ivna est en colère. Alice la comprend. Se servir de sa propre enfant pour de l'argent…

— En tout cas, tout va pour le mieux à présent, soupire-t-elle.

Elle passe son bras autour des épaules de sa fille. Ne pas la lâcher. Plus jamais.

— Si un jour tu as besoin de quelque chose, n'importe quoi…

— Merci Ivna, je m'en souviendrai.

Une bousculade dans le métro, quelqu'un s'accroche à sa jupe. L'a-t-il fait exprès ? A-t-il glissé ? Alice descend station La Fourche, emprunte un couloir de correspondance qui la mène jusqu'au terminus. Elle marche vite, essaie de ne croiser aucun regard.

Dès 5 heures de l'après-midi, les rues s'animent. Ce n'est pas souvent que les travailleurs peuvent profiter de la ville en journée, et Alice compte bien profiter de cette journée de repos ! Elle a rendez-vous au thé dansant du Lion d'argent. Son nouveau repaire. Elle y rejoint Denise, son amie avec qui elle s'entraîne au football.

— Une vraie déesse, la complimente Denise sur sa tenue.

— Et toi alors ! Nous ferions bien de rentrer, cela commence à être complet à l'intérieur.

Alice tend un mouchoir avec le nouveau mot de passe brodé au veilleur qui les laisse entrer. Le code change à rythme irrégulier et seuls les habitués sont au courant. Grâce à Louis, Alice a rejoint leurs rangs.

L'endroit rassemble une dizaine de personnes en cette fin d'après-midi sous la coupole dorée. Les deux femmes s'empressent de rejoindre la piste de danse. Alice repousse les avances d'un archéologue importun pour une « danse et une vie de rêve », selon ses dires. Denise trouve rapidement un partenaire qui maîtrise le Slow Fox et les tours de magie. Délaissée, Alice reprend son souffle seule sur une chaise, une jambe croisée au-dessus de l'autre lorsqu'un jeune homme élégamment vêtu d'une chemise blanche réhaussée de bretelles à boutons apparaît. Louis a plusieurs heures de retard.

— Pardonne-moi, j'ai dû faire une chose avant de venir.

— Laquelle ? demande Alice, intéressée.

Mais il lui répond seulement par un clin d'œil et s'assoit à côté d'elle.

— Tu vas devoir te relever bien vite, car nous allons danser, monsieur, lui dit Alice, dans une moue bien à elle, enfantine et assurée.

— Je te préviens, je ne savais pas danser lorsque j'avais deux jambes, alors imagine aujourd'hui.

— On n'a pas besoin de jambes pour danser ! s'exclame-t-elle.

Et Alice de se lever et de se mettre à imiter un pantin désarticulé en lançant ses bras à droite et à gauche, en pliant les genoux et remuant les hanches. Rien d'élégant, mais elle s'amuse comme une folle. Ses gestes sont bientôt repris par Louis qui prend part à sa danse intrigante.

— On dirait presque un shimmy à l'américaine, un frétillement du torse et des genoux, explique-t-elle. Tu l'as dans la peau.

Pourtant, la chanson qui passe est plutôt langoureuse, Le tango de Manon résonne à contretemps dans la pièce. Ils sont bientôt sauvés par la douceur de quelques accords plaqués sur le clavier à queue.

— Cole Porter, murmure Louis.

— C'est américain aussi ?

— Oui, ses compositions sont merveilleuses.

And that's why birds do it, bees do it
Even educated fleas do it
Let's do it, let's fall in love
In Spain the best upper sets do it Lithuanians and
Let's do it
Let's do it, let's fall in love

— Tu t'y connais, dis-moi…

— J'aime leur musique et leur culture, le jazz, le blues… Ça arrive en France, mais si lentement, j'ai l'impression qu'on ne sera jamais dans notre temps. Nous regardons trop en arrière, ici, il faut avancer, voir l'avenir.

— Se projeter.

— Oui.

Les deux amoureux se rapprochent et tentent de danser en rythme sur les notes de musique. Alice aperçoit dans le fond de la pièce la Grande Mia, celle dont tout le monde parle. Elle pousse une exclamation. Cette femme est une icône, une femme d'autorité qui dirige plusieurs cabarets à Paris. Que fait-elle ici ? Le Lion d'argent lui appartient-il ?

— Tu es belle, lui lance Louis, bien trop fort, pour se faire entendre par-dessus la musique.

Alice le regarde à nouveau.

— Cesse donc de me dire cela.

— Pourquoi ?

— La beauté, c'est surfait. Je voudrais au contraire être une femme qu'on écoute pour son instinct, son intelligence.

— Estime-toi heureuse d'avoir les trois. Alors que tant d'hommes n'ont pas une seule de ces qualités.

— J'aime ta répartie.

— Puis-je te photographier ?

Alice sourit et hoche vivement la tête.

Le bruit de l'obturateur se fond dans la musique. Alice pose, éclate de rire. Sa tête part en arrière faisant onduler ses cheveux sur ses épaules.

— J'ai soif.

— Allons nous asseoir.

Elle se pose contre lui, la tête contre l'épaule.

Louis passe son bras autour de sa taille et respire l'odeur de ses cheveux. Elle s'agrippe à lui. Gros plan sur les poils bruns de son avant-bras. Bruit de baiser mouillé dans le cou.

— Je n'ai plus peur, maintenant, lui confie-t-elle.

— De quoi avais-tu peur avant ?

— De la vie, d'être une femme en 1922.

— Tu es un esprit libre.

— J'essaie. Je vais arrêter le football. Et essayer une autre activité. Il y a tellement de choses que j'aimerais apprendre, d'expériences que j'aimerais vivre.

— Tu as le temps.

— Le temps passe si vite parfois. Je pourrais m'initier à de nouvelles danses.

— Celle que tu viens de me montrer était surprenante ! la taquine Louis.

— Et si je devenais une vraie danseuse de ballet ? Je me produirais dans toute l'Europe… Qu'en penses-tu ? Je dansais avant, mais depuis que je travaille à l'atelier, je n'y arrive plus aussi bien.

— Tu y arriveras, lui murmure-t-il.

Lorsqu'Alice rentre chez elle ce soir-là, des étoiles plein les yeux et le rêve d'être une étoile à portée de main, l'appartement lui semble froid. Plus froid que d'habitude. Les rideaux laissent passer la lueur blafarde de la lune pleine. Les craquements du bois de l'argentier résonnent de concert avec le coucou de l'horloge.

— Maman ?

La figure pâle de sa mère lui saute aux yeux. Elle est vêtue de son habit en dentelle, assise sur son fauteuil de velours, un livre sur les genoux, mais ne bouge plus, aucune expression ne traverse son regard. Alice s'effondre à ses pieds. Sa peau est fanée. Une rose qui a perdu son dernier pétale.

Toutes ces années à rechercher des potions, des lotions, à s'occuper d'elle, cela pour qu'elle parte du jour au lendemain, sans un au revoir ? Elle s'en veut de n'avoir pas prêté attention aux longs râles du matin, à la toux intempestive de la nuit, aux mains glacées de la veille. Elle pose sa tête sur ses bras flasques qui reposent sur ses genoux puis se met à sangloter. Et dire qu'il y a quelques jours, sa mère avait trouvé la force de faire la route jusqu'à l'Église Saint-Pierre-de-Chaillot pour enterrer son vieil ami Marcel Proust. Il y a eu des photographies prises par Man Ray, présent à la cérémonie. Alice ira les demander demain. Quitte à les payer une fortune. Elle veut revoir le sourire discret de sa mère sur ses joues exsangues une dernière fois.

C'était une sage. Et elle est partie.

LES FEMMES ONT-ELLES une place dans l'Histoire ?

Le 22 novembre prochain se tiendra l'une des plus importantes séances du Sénat de ces derniers mois qui clôturera les débats sur le droit de vote des femmes. Les sénateurs en faveur du droit des femmes indiquent que cette date est irrévocable ; il faut qu'une décision soit prise. Espérons que le débat sera fructueux puisque deux camps semblent s'opposer : certains pensent que les femmes, trop nombreuses, sont un risque pour les votes politiques, que cela porterait atteinte à leur devoir maternel ou que l'influence de l'Église sera trop importante et les votes ainsi faussés. D'autres affirment qu'il est temps de s'allier avec les autres pays, que les femmes sont tout autant lucides et intelligentes que leurs pairs. Et comment le savoir si on ne leur laisse pas la possibilité de s'exprimer ?

***L'Humanité*, 20 novembre 1922**

16

5 heures. Comme chaque matin, la ville renaît.

Entre les étals, Léontine observe le boucher sortir ses viandes, la marchande de légumes aligner ses choux et l'alpagueur proposer des produits pratiques et étonnants. Elle passe le nez en l'air, attiré par les odeurs. Senteurs de rôtisserie, de chrysanthème. Odeurs d'essences et de crottins venus des carrioles qui se croisent en un tintement de klaxons criards pour les unes, de hennissements caverneux pour les autres. Léontine tourne place de l'Odéon. Elle est en retard.

« LES FEMMES AUSSI ONT UN AVIS : DONNONS-LEUR LE DROIT DE L'EXPRIMER EN VOTANT ! »

Le slogan s'affiche partout sur de longues toiles tendues par des femmes de tous âges. Léontine est fière de se retrouver parmi elles. Elle ne veut pas juste participer, ou écrire des articles comme elle essaie de le faire depuis des années mais elle souhaite s'enflammer, mettre des mots sur ses pensées, à voix haute. Depuis quelques mois, elle se sent transformée par son engagement politique, elle se voit mûrir, trouver un sens à ses actes. Elle se bat pour le droit de vote, mais elle voit plus grand. Qu'en est-il du travail sous-représenté des femmes ? De la possibilité pour une femme mariée d'acquérir de nouveaux rideaux sans l'assentiment de son mari ? Du refus d'avoir un enfant sans passer pour une criminelle ?

Aujourd'hui est un grand jour. Qu'elles attendent toutes depuis trois ans. Le Sénat doit examiner la loi sur le droit de vote des femmes et la ratifier.

L'impatience fait frétiller les corps engourdis par le froid de la quinzaine de jeunes femmes venues pour l'occasion sur la place. Elles restent pourtant immobiles depuis des heures, pour ne pas louper la sortie de ceux qui peuvent tout changer. Leur statut, leur vie. Seules leurs lèvres obéissent à un mouvement mécanique, à scander les mêmes phrases, encore et encore, intensément.

Victoire, l'une des manifestantes, arrive en courant, portant elle aussi un carton à messages. Mais elle a la mine défaite et le souffle court.

— Ils l'ont ajournée, leur apprend-elle. Maria, qui travaille à l'assemblée, me l'a assuré. La proposition de la loi a été rejetée de l'ordre du jour, ils n'en parleront pas.

— Comment ? Serons-nous les dernières européennes à obtenir nos droits ? s'enflamme Ivna à ses côtés.

La rumeur enfle dans la foule et devient exaspération puis colère. Comment peuvent-ils une fois encore refuser de voir que les femmes comptent, elles aussi ?

Ça y est, les hommes sortent un par un. Mais ils ne reçoivent pas l'ovation qui aurait pu les honorer s'ils avaient été plus nombreux à lever la main dans leur salle prestigieuse, trop grande pour eux, sous la coupole dorée. Il suffisait d'accepter d'examiner la loi puis de voter en son sens. De lever une main, rien d'autre. Mais ils ne l'ont pas fait.

Les femmes se placent devant le seuil de pierre de la porte cintrée, au-dessus de laquelle brille un vieux blason révolutionnaire. Elles n'ont plus le choix. Doivent braver les interdits, rappeler qu'elles existent. Léontine extériorise ses pensées en criant, en revendiquant une autre session de vote.

La police est tout près. Ça dégénère.

Les deux camps se courent après, en viennent aux poings. Ça crie, ça tape. Les corps qui se bousculent, le sol qui glisse. La pluie qui s'invite à la fête. Les bourrasques glacées sont sur leur 31. Un objet vole, s'écrase devant eux. Débris de verre, crissement de bottines. Léontine se rend compte que malgré toute sa bonne volonté, son envie de changer les choses, elle n'est pas préparée. Aux affrontements, au face-à-face, au bien et au mal. Comme si elle était dans le mauvais camp et que les forces de l'ordre avaient forcément raison. La ligne à suivre. Le monde tourne à l'envers, elle garde la tête sur les épaules, les pieds fixés au sol. La foule s'écarte. Elle en profite pour courir. Victoire la suit, rapide comme une renarde. Elles frôlent un homme aux vêtements sombres, un cigare à la bouche, adossé à l'angle de la place. Il les regarde avec attention mais ne les arrête pas. Les deux femmes réussissent à quitter les lieux. Mais ce n'est pas fini. Ce n'est jamais fini.

Elles se promettent de revenir à la nuit tombée. Et de leur montrer qui elles sont.

Alors que le soleil disparaît derrière les immeubles, Léontine étouffe un bâillement. Elle a très peu dormi la nuit dernière et a dû patienter toute la journée pour qu'enfin le moment arrive. Les femmes en colère se sont partagé les quartiers où vivent les sénateurs. Léontine a rendez-vous rue de Paradis, avec Antoinette. Quand elle arrive, le ciel est noir. On ne distingue d'elle qu'une ombre. Comme celle du chat qui se faufile dans la ruelle à sa suite, étouffant un miaulement.

Avec minutie, Léontine grimpe au lampadaire devant la demeure du coupable de misogynie. Conservant trois points d'appui à chaque mouvement, elle atteint rapidement le sommet. Elle a toujours été agile. Une chaîne enveloppée de tissu lui sert à s'assurer et elle l'enroule autour de ses jambes et de son corps. La voilà enchaînée. D'un geste extrêmement méticuleux, elle passe le sac qu'elle avait sur le dos, sur son ventre. Il contient de la nourriture, et un coutelas au cas où elle resterait là des jours et où cela tournerait au désastre.

Surtout, ne pas s'endormir, où elle tomberait illico.

De l'autre côté de la rue, Antoinette a fait la même chose. Elle lui adresse un signe de la main. Léontine hoche imperceptiblement la tête. Elle n'ose faire un geste. Les heures passent. La pluie revient, glaçant les acrobates. Les vêtements se font lourds et collants sur la peau. Léontine lève la tête et fixe l'étendue noire au-dessus d'elle. L'eau coule sur ses joues et son nez. Elle passe la langue sur ses lèvres. Goût de fer et de sel. Elle réprime un frisson. Il faut attendre. Ne pas y penser et attendre. Elle a l'impression d'être une de ces Suffragettes anglaises, qui se battent avec des actions plutôt que des mots.

La nuit s'achève.

Au petit matin, les passants commencent à emprunter la rue. Et ils ne manquent pas de les localiser, sur leur perchoir, tels des oiseaux de mauvais augure. La rumeur se répand, comme on saupoudre de sel les aliments fades, et bientôt, les journalistes viennent les observer. Léontine a les bras engourdis et le corps las mais elle tient bon. L'un des sénateurs sort alors de chez lui, bousculé par cette agitation bien matinale à son seuil.

— Que se passe-t-il ici ?

— Ces femmes protestent contre votre politique, monsieur.

— Ça me fait une belle jambe. Qu'elles descendent de mon lampadaire et tout ira bien.

— Ce lampadaire appartient à la ville de Paris, enchérit une femme emmaillotée dans des écharpes colorées.

— Peu m'importe, elles gênent mon regard.

La police arrive sur le lieu, à bord d'une voiture de monsieur Ford. Un homme au nez pincé sort en sautant à terre avant que la voiture ne se soit stoppée. Le chef de la brigade policière de Paris. Ses bottes pataugent dans les flaques mouchetant de brunes éclaboussures les bas de ses confrères ayant sauté dans son sillage.

Mais ses vêtements sont fraîchement repassés et sentent la lavande alors que Léontine est glacée, trempée, exténuée. Et à l'intérieur d'elle-même c'est aussi de la boue qui glue son cerveau, le ramollit, pour qu'elle ne pense plus à rien. Elle ne sent plus la fatigue, la faim, le ras-le-bol, elle n'est plus qu'une boule de boue agglutinée à un lampadaire.

— Que se passe-t-il ici ? Faites-les descendre, hurle le chef de la police à ses agents.

— Nous n'attendons pas Rodolphe ? demande un second, sorti de la voiture.

— Il est occupé sur une enquête. Débrouillez-vous mais arrangez cette histoire, dit-il en croisant les bras.

C'est drôle, remarque Léontine, alors que les chausses des hommes de la rue en contrebas sont couvertes de pluie marronnasse, seul l'homme au nez pincé possède une boucle encore rutilante. On observe ce genre de détail d'en haut, quand on n'a rien d'autre à faire. Qu'attendre qu'ils viennent la tirer par la peau des fesses. Ils peuvent toujours venir, elle a un bon coup droit.

— Comment ont-elles réussi à monter là-haut ? se demande un vieil homme qui passe par là.

— Il y en a d'autres partout dans Paris, affirme un journaliste, Gildas Laveine.

Au bon endroit au bon moment. Il gratte son papier de sa plume à la vitesse de l'éclair. Il ne veut pour rien au monde louper ce scoop pour son journal *L'Éclair*. Son appareil photographique immortalise également Léontine, dont le visage fera désormais le tour de la ville. Elle s'en fiche, elle est fière qu'on parle de leurs revendications. Ça flashe, ça gigote, ça s'insurge.

Mais l'événement tourne court, deux agents se retroussent les manches et tentent l'ascension des luminaires. Les deux femmes sont tirées par le bras et emmenées au poste de police le plus près, à quelques rues de là. On leur propose des vêtements de rechange, noble attention, mais Léontine grimace lorsqu'elle voit apparaître des robes bouffantes et des jupons à fanfreluches. On se croirait au siècle dernier.

Aussitôt habillées de force, les femmes échouent dans une minuscule pièce humide sans lumière où sont déjà entassés des voleurs à la tire, des meurtriers et des femmes qui veulent qu'on leur accorde un regard. Joyeux mélange.

— Gertrude ! s'exclame alors Léontine, reconnaissant une autre manifestante, à la lèvre boursouflée.

— Ils m'ont frappée, ces scélérats.

Léontine pose sa main sur son épaule, d'un geste tendre. *Ils paieront.*

En attendant, les filles piétinent toute la nuit dans la cellule, derrière des barreaux. Ils les font passer pour des criminelles. Certaines, résignées, psalmodient leurs pensées, le visage entre leurs mains, d'autres attendent un signe, la tête posée contre la matière glacée de leur prison de fer.

Au petit matin, Léontine est épuisée. Elle doit sortir d'ici.

— Je peux utiliser le téléphone ? demande-t-elle.

— Faut payer pour ça, vocifère un gardien en approchant prudemment.

— Et si je vous paie après la communication ?

Auparavant, elle aurait contacté Emma, mais désormais, celle-ci n'a plus le moindre sou en poche. Alice, pas plus, mais elle sait à qui emprunter. Et Léontine ne veut pas croupir dans ce trou. Elle réussit à joindre le centre téléphonique qui transfert l'appel à l'atelier de couture.

Deux heures plus tard, une grande blonde au long manteau bleu nuit fait son apparition. Les hommes sifflent sur son passage. Léontine réprime un haut-le-cœur. Alice paie une somme incroyable pour cet acte infime (libérer les prisonnières et avoir occupé la ligne de téléphone pendant quelques secondes) et les jeunes femmes se retrouvent dans la rue. Dehors, le soleil a enfin fait son apparition, mais un soleil froid d'hiver.

— Excuse-moi de t'avoir fait quitter ton travail, et de t'avoir demandé de l'argent.

Alice secoue la tête.

— Tu sais que je serai toujours là pour toi. J'ai dit que j'allais porter une commande à madame Beauvoir. J'ai quelques minutes de retard mais ça ne se remarquera pas. Léon, qu'as-tu encore fait ?

— Je manifeste pour nos droits. Pour les femmes.

— C'est dangereux.

— C'est toi qui dis ça, tu fumes, voles des voitures…

— Ça n'a rien à voir, tu risques gros, tu t'en prends au gouvernement.

Léontine se brusque.

— Tu ne veux pas obtenir le droit de vote ?

— Bien sûr que si.

— La fin de la domination masculine ?

— Évidemment, mais il y a peut-être un moyen de le faire plus discrètement.

— Oui, mais c'est moins efficace. Là, nous montrons qu'on existe.

En marchant, Alice jette une pièce au marchand de journaux du jour. Elle écarquille les yeux.

— Regarde la une :

Hier, l'arrestation de ces femmes qui plaident pour des causes insensées comme l'égalité homme-femme ou la reconnaissance de leurs droits a fait grand bruit. La police a bien fait son boulot, et elles ont été arrêtées pour détournement d'un équipement de la ville, que l'on paie avec nos impôts qui plus est, et dégradation de l'espace public.

C'est un arrêté de dernière instance que je vous divulgue là, très chers lecteurs : les manifestations sont désormais illégales. Toute femme, ou homme, en venant à revendiquer contre le gouvernement, se verra arrêté et enfermé jusqu'à la fin de ses jours.

Inutile de dire que cela s'applique à ces Papillons Noirs qui se prennent pour des Arsène Lupin, encore envolées. Mais n'oubliez pas, mes jolies, les aigles guettent.

Votre fascinant reporter, Gildas Laveine
***L'Éclair*, 24 novembre 1922**

Une photo accompagne l'article. Léontine sur son lampadaire. Heureusement, en raison de la qualité d'impression de la photographie et du temps houleux, on ne distingue pas complètement son visage.

— Comment veux-tu qu'on t'embauche comme journaliste, maintenant que tu fais la une des magazines, et pas pour de bonnes raisons ?

Alice essaie de plaisanter, mais sa remarque affecte

Léontine, qui hausse les épaules. Elle en a marre de devoir remuer ciel et terre pour prouver que les femmes sont comme les hommes. Peut-être même meilleures.

— Je ne peux pas rester ici sans rien faire, je veux changer les choses.

— Moi aussi, Léon, mais je ne veux pas craindre de retrouver mon amie en prison, ou pire, à chaque coup de téléphone.

Un silence.

— N'en parle pas à Emma, je ne suis pas certaine qu'elle comprenne.

— D'accord.

— Et toi Alice, comment vas-tu depuis…

— Ça va, j'essaie de me changer les idées. Bon, je dois retourner travailler. Fais attention à toi !

— À très vite.

17

Emma arrive en avance sous le porche de la librairie qui jouxte le muret ouest du Musée du Louvre. Il est 20 h 50. Elle est inquiète, ses mains tremblent, cachées sous ses gants blancs. Elle y a réfléchi toute la nuit : doit-elle y aller ? Ces escapades nocturnes associées à des femmes qui volent et fuient leurs méfaits ne lui ressemblent pas. Mais elle est curieuse. Fascinée. Admirative. Ces femmes veulent faire passer un message pour exister aux yeux des hommes, attirer les regards. Elle qui s'est toujours cachée, silencieuse et obéissante, a besoin de ça aussi à présent. Elle doit en savoir plus. Peut-être refuseront-elles de la prendre sous leurs ailes, se rendant compte qu'elle n'a aucun talent, qu'Ivna s'est trompée en lui proposant de les rejoindre ? *Assez !* Emma secoue la tête, toutes ses questions lui donnent le tournis. Elle jette un œil à la vitrine de la librairie qui met en avant un livre scandaleux sobrement intitulé *La Garçonne*. Puis, scrute les passants : des pressés qui courent un parapluie à la main, des moins pressés qui grignotent un sandwich à la terrasse d'un bistrot, un chat assis sur un muret… Emma fait les cent pas en expirant lentement. Concentrée sur sa respiration qui s'affole à présent, elle ne voit pas la paire de bottines noires et le visage camouflé qui souffle une fumée épaisse de cigare dans l'air à quelques mètres d'elle.

— Emma !

Une voix chantante. Ivna est arrivée.

Sans s'arrêter, la femme lui empoigne le bras et la pousse dans une autre rue.

— Allons-y.

— Je croyais que c'était ici.

— Pour m'attendre oui, mais l'entrée du lieu où nous allons est cachée.

Les femmes marchent une dizaine de minutes, jusqu'à atteindre un muret décrépi semblant appartenir encore au musée, mais à l'abri des regards de la rue passante cette fois-ci.

D'un geste aguerri, Ivna décloue une planche à hauteur des genoux pour se glisser à l'intérieur. Elle repositionne ensuite le morceau de bois. À quatre pattes sur une centaine de mètres, le plafond s'élargit plus loin et Emma se relève en époussetant ses habits. Ivna lui tient toujours le bras, la guidant dans la pénombre. Enfin, elles débouchent dans une pièce éclairée par des torches. Emma n'a pas le temps de reprendre son souffle que la guide se dirige droit vers une tenture moyenâgeuse qui ressemble à celle qu'elle avait observée le jour de son entretien particulier. Sont-elles au même endroit ? La tenture se soulève et un escalier de colimaçon s'enfonce vers l'obscurité. Emma s'approche. À petits pas, prudente, elle descend les marches. Subitement, l'escalier s'arrête. Devant elle, un trou béant. Les marches continuent de l'autre côté. Emma ne sait pas quoi faire. Ivna a déjà franchi l'obstacle.

Elle scrute le décor en plissant les yeux. Devant elle, une barre de fer, reliée au mur. La jeune femme décide de prendre son élan et, dans un saut approximatif, s'accroche à la barre à la force de ses bras frêles. Donnant cette fois un élan à ses jambes, elle atteint les dernières marches, accroupie. Elle a réussi. Elle reprend sa respiration, saccadée. Anxiété et manque d'exercice.

Ce qu'elle voit alors en bas des marches est une porte en acajou qui révèle, une fois poussée, une véritable merveille. Un impressionnant cabinet de curiosité qui s'étire du sol au plafond.

Une caverne d'Ali Baba, plus fastueuse que la salle de tentures bleues dans laquelle elle avait assisté à une opérette avec Alice il y a quelques mois. Des trésors habillent la pièce : statues, tableaux, coffres, lampes à pieds de lion, vitrines rutilantes… Tout scintille et enivre. Une immense bibliothèque, gorgée de livres aux couvertures chatoyantes, recouvre une partie du mur droit. Des fauteuils de velours sur lesquelles lisent et badinent des femmes habillées le plus simplement possible sont placés devant. De la musique emplit l'air ambiant. Certaines femmes dansent également sur une piste spécialement créée à cet effet. Un lieu de culture insensé. D'aucunes écrivent sur une table, certaines effectuent des mouvements de gym… Emma est fascinée et effrayée en même temps. Elle rejoint Ivna, au centre de la pièce.

— Cela fait partie du Louvre ? demande-t-elle intriguée par ce lieu où aucun homme n'est présent.

— Ceci est la partie du Louvre réservée aux femmes. Un lieu caché que se transmettent de génération en génération celles qui le connaissent. Un lieu à l'entrée libre pour toutes celles qui le désirent. Pour qu'elles échappent le temps d'une nuit, ou de quelques heures, à leur quotidien, de manière légale, répond la guide dans un sourire.

Ivna lui apparaît beaucoup plus sereine et aimable que la dernière fois, elle jouait un rôle pour l'entretien, aux yeux de l'extérieur.

Emma effleure des yeux les tentures, le décor, les tableaux, les vases remplis de fleurs resplendissantes.

— Mais d'où viennent toutes ces œuvres ?

— Tu n'as pas une petite idée ?

Emma secoue la tête.

— Nous désirons faire payer aux hommes leur comportement envers les femmes. Nous les dépossédons de leurs objets pour en faire profiter la gent féminine. Ici, est un sanctuaire.

— On ne vous a jamais… attrapée ?

— Non, mais nous devons être discrètes, car les journaux et la police sont à l'affût. Tu vas rencontrer une de nos recrues. Elle t'expliquera ta première mission. Si tu te sens prête. Nous ne t'obligeons à rien.

— Oh.

Emma se rend compte alors à quel point elle s'est trompée sur le rôle des Papillons Noirs. Elle réfléchit quelques secondes. Tout frétille autour d'elle, les odeurs, les couleurs, la musique, l'oisiveté. Mais son pragmatisme la rattrape.

— Et le poste de guide proposé, alors ?

— Cette offre tient toujours. Tu commences la

semaine prochaine. Logée et payée. Mais ce que je te propose ici, en plus, c'est de devenir un Papillon. Ouvrir les yeux à la société sur le sort des femmes.

— Pensez-vous que je sois à la hauteur ?

— Évidemment, si nous te le proposons.

— Tous les guides du musée sont-ils des Papillons ?

— Non, il faut savoir se mettre en danger, oser, et se faire confiance. Toutes ne le souhaitent pas.

Emma pense à Edmond, à ce qu'il lui a fait subir, et à tous les hommes qui ne respectent pas les femmes. Il ne s'agit pas ici de les blesser, juste de leur montrer qui elles sont en les bousculant dans leurs traditions, réfléchit-elle.

— J'accepte, répond Emma en suivant son cœur.

Ivna lui offre un grand sourire.

— Merci et… bienvenue !

La femme russe lui tend alors une broche représentant un papillon aux ailes transparentes. Noires. Elle le regarde avec émotion.

— Tu peux choisir de le porter, ou non. Nombreuses sont celles dans Paris qui se revendiquent Papillon en le portant, mais ignorent qui nous sommes vraiment. La Police ne sait ainsi plus où donner de la tête. Plus nous serons nombreuses à le porter, plus nous passerons inaperçues.

Emma acquiesce et le fixe sur sa robe. L'épingle vient transpercer le tissu. Elle en est fière.

— Tu es la douzième Papillon à ce jour, félicitations.

Emma pousse un soupir de soulagement. Elle fait partie de quelque chose, d'un groupe.

Et elle y est arrivée seule.

18

En cette fin de novembre, les vitres du bar de Louis sont embuées. À l'intérieur, le feu danse dans l'âtre, les disques craquent sous le ballet *Parades* d'Erik Satie et les filles sont surexcitées par la nouvelle.

Howard Carter, le célèbre archéologue, a fait une découverte passionnante en Égypte : la salle funéraire d'un pharaon a été ouverte. Et cette annonce est dans tous les journaux aujourd'hui.

— Ils sont plus sensibles à une vieille momie qu'aux femmes vivantes, ronchonne Léontine qui s'est vu refuser un de ses articles en raison de l'actualité internationale.

— Toutankhamon a du charme, tout de même ! s'exclame Alice.

Léontine se tourne vers Emma qui tient le journal à la main.

— Alors ça dit quoi ? Si on ne parle pas de nos actions, faites que ça soit au moins intéressant.

— C'est intéressant ! intervient la mariée du groupe.

Et elle commence à lire.

Léontine a fini par avouer à Emma qu'elle avait participé aux dernières manifestations pour le droit des femmes et qu'elle fait désormais partie de ce mouvement. Son amie, à son grand étonnement, l'a félicitée, mais l'a intimée à se méfier de tous. Si elle était encore arrêtée, qui sait s'ils la laisseraient sortir ?

— Vous m'écoutez ?

— Oui, oui, vas-y, continue.

Léontine était dans ses pensées, et Alice n'a d'yeux que pour le gérant du café. Emma s'éclaircit la gorge.

> Lord Carnarvon et Howard Carter peuvent être remerciés de leur opiniâtreté. C'est en effet leur persévérance qui les a poussés à entreprendre une ultime expédition cet automne. Bien leur en a pris. Les fouilles ont porté leurs fruits car une porte dissimulée est apparue dans le sol, puis une marche d'escalier. Il y a une semaine nous revenions sur la découverte de cette tombe somptueuse. Aujourd'hui, nous vous confirmons avec une grande joie que l'escalier et les sceaux appartenant au non moins célèbre Toutankhamon ont été dégagés. L'escalier était décoré de figures d'animaux monstrueux qui ne laissent aucun doute : il s'agit bien de son sanctuaire. Reste à en desceller la porte et un des plus grands mystères de l'humanité sera révélé.

— Fascinant, il ne nous reste plus qu'à aller au Caire visiter ce temple, rit Alice.

Emma fronce les sourcils.

— Tu plaisantes ?

— Moi ? Jamais !

Louis apporte leur plat en sifflotant.

— Pour mes clientes préférées.

— Que ferait-on sans toi ? ronronne Alice.

Léontine sourit devant ce miel d'amour qui dégouline autour d'elle. Elle est un peu jalouse, elle se l'avoue, mais elle n'a pas le temps pour ça. Pour l'amour mielleux.

— Je dois rentrer les filles, annonce-t-elle.

— Oh, déjà !

— On se voit à la maison Em'.

La jeune fille hoche la tête. Son verre est encore rempli, elle va attendre un peu.

Le souffle de la respiration de Léontine forme une volute de fumée dans l'air glacial. Novembre est bien établi, et après la pluie, c'est une vague de froid qui emporte Paris dans un sillage blanc et venteux. La découverte égyptienne a totalement mis de côté ses exploits militants. Il est temps de changer les choses. De se venger. Seule.

C'est la première fois qu'elle agit sur un coup de tête. En sortant du café, elle n'a pas sommeil. Elle a la fièvre d'agir. Elle veut faire plus. Mais c'est interdit désormais.

Est-ce que ça l'a déjà arrêtée ?

C'est Carter et sa persévérance qui l'inspirent. S'il peut découvrir une momie morte depuis des siècles sous le sable égyptien, pourquoi ne pourrait-elle pas mener le monde vers l'acceptation des femmes comme égales des hommes ?

La jeune fille se coule le long des murs, aussi silencieuse qu'une ombre. Elle se hisse de toute la force de ses bras sur la façade. Son pied tâte les saillies des briques et plusieurs impulsions la propulsent de plus en plus haut. Elle enjambe les tuiles glissantes endommagées par les tempêtes successives du dernier été, et se laisse glisser le long du toit en pente, pour amortir sa chute, silencieusement, sur le balcon en fer forgé du dernier étage. Elle ne regarde pas en bas, sa peur du vide ne doit pas venir troubler sa mission. Elle colle son corps contre la traverse de la fenêtre et jette un œil à l'intérieur de la maison, s'assurant que personne ne se trouve à l'intérieur. Avec minutie, elle crochète la serrure, armée de sa clé de tension et d'un crochet. Elle plisse le nez face à l'effort, jure subtilement, et attend patiemment le déclic espéré. Lorsque la serrure s'ouvre enfin, Léon s'accorde une seconde de répit. Son souffle, jusqu'alors maîtrisé, s'emballe. Elle replace une mèche de cheveux bruns derrière son oreille, ils commencent à repousser, et remballe son matériel de crochetage. Une première étape réussie.

D'un geste lent, la voleuse pousse la vitre de ses gants aussi blancs que le givre dessus, et saute à pieds joints à l'intérieur de la pièce. Elle attend une seconde. Puis deux. Pas de sons stridents venant troubler le silence de la nuit noire. À tâtons d'abord, avant que ses yeux ne s'habituent peu à peu à l'obscurité, elle prend la mesure de la pièce dans laquelle elle vient de pénétrer. Un frisson s'empare d'elle. Les murs sont entièrement recouverts. Des têtes empaillées d'animaux au teint bleuté. Pas n'importe quels animaux, des cerfs. Elle est au bon endroit. Elle est toute seule. Les filles ne comprendraient pas, c'est personnel, cette fois-ci, bien personnel.

Il a refusé de l'embaucher, a renvoyé Victoire la semaine dernière, il doit payer. Elle est venue pour quelque chose de bien spécifique. Qu'elle ne mettra pas dans le musée, mais qu'elle brûlera. Le feu consumant les souvenirs avec panache pour en créer d'autres à sa mesure.

Ses pieds glissent sur le sol. Léontine s'approche de la vitrine. Son gant effleure le verre. Gros plan sur la serrure. Elle est fermée à clé. Avec minutie, la cambrioleuse crochète le loquet. Elle est douée.

Un papier brillant au grain fin est exposé dans la vitrine. Un feuillet de journal, datant d'il y a plusieurs années. Le premier article du rédacteur en chef de *L'Éclair*. Mis en avant, par fierté, pour son importance, significatif de sa réussite. L'article parle des femmes, bien évidemment, de leur mauvaise conduite, de leur rôle de femme au foyer. Léontine se crispe. Elle empoigne le papier et y dépose à la place, sur le piédestal, un papillon. Noir. Le journal finit dans sa poche, plié en quatre. Elle le déposera dans un feu en rentrant. Savourant les mots qui, dévorés par les flammes, quitteront le papier.

Mission accomplie.

Mais avant de quitter les lieux, Léontine se retourne. C'est trop simple, non ? L'ampoule des idées s'illumine dans sa tête. Comme dans un film. Avec son couteau, elle lacère le tissu velours bleu canard du canapé. Elle jette l'eau des vases sur les livres, retourne les papiers, détruit les animaux empaillés. Et quand elle a fini, elle inspire. Elle se sent mieux. Calme. Assouvie.

Alors que Léontine tente de s'échapper avec précaution de la maison dans laquelle elle s'est glissée, en passant par la façade extérieure, elle ne perçoit pas l'homme qui sillonne la rue au pavé glacé juste en dessous d'elle. Rodolphe a revêtu sa gabardine ce soir. Sa barbe de trois jours poivre et sel recouvre son maigre cou et un cigare dépasse de sa bouche, senteur mentholée. Ça l'aide à se concentrer. Sa baguenaude touche à sa fin. Il enquête sur les vols audacieux qui surprennent Paris depuis plusieurs mois. Recouper les indices. Déterminer où les vols ont été commis. Par qui ? Des femmes, à ce qu'il paraît. Combien sont-elles exactement ? D'abord quatre puis cinq. Comment agissent-elles ?

Il est aussi chargé d'une autre affaire : débusquer les pseudo féministes qui ont collé des messages sur les murs, parlé au Sénat sans y être autorisées, et interrompu des réunions. Il est las de ces questionnements. Depuis quelques jours, il a un doute. Ces femmes qui se montrent ouvertement pour négocier ne seraient-elles pas les mêmes que ces fameux Papillons Noirs que certaines admirent et que d'autres haïssent ?

Tout en réfléchissant, il observe la façade noire de l'immeuble, entassée entre deux bâtisses géantes attenantes. Une ombre se meut sur le toit. Cette étrangeté l'amène à se tordre le cou. Il réprime un frisson qui lui rappelle une sombre affaire sur laquelle il était il y a quelques années. L'agent de police relève le col dc son manteau pour éviter aux gouttes de pluie qui commencent à tomber du ciel de s'aventurer sous ses vêtements et replace son képi sur le haut de son crâne.

L'étrange silhouette court sur le toit. Il entend une injure. Une tuile tombe et se fracasse devant ses chaussures vernies. C'est à son tour de pousser un juron. Il s'avance, éteint son cigare. La rue est déserte. L'immeuble ne fait que trois étages. Neuf mètres au jugé. Dans une glissade, une ombre choit droit sur lui.

— Ahhhh !

Une voix aigüe, puis un corps frêle échoue dans ses bras, qui par un vieux réflexe, se sont ouverts à l'impact.

— Merci.

Échevelée, la jeune femme au menton fuyant et à la joue creusée par une fossette en amande se relève maladroitement et fixe son sauveur avec un sourire. Puis, elle remarque l'écusson sur son torse. Détective. Policier. Inspecteur. Peu importe. C'est un cuivre. C'est pas bon. Ses lèvres se rejoignent en une moue. Imperceptible.

— Que faisiez-vous sur le toit ? lui demande l'homme, pragmatique.

Léontine est méfiante. Elle n'avait rien à faire là-haut, elle le sait. Heureusement pour elle, ses outils sont restés devant la fenêtre alors qu'elle glissait sur une tuile humide. Il n'y a donc aucune preuve à retenir contre elle.

— Oh, je me… baladais.

— En pleine nuit et sur un toit ?

— Humm.

Il la regarde d'un air soupçonneux. Sa moustache frétille.

— Vous êtes blessée, venez, le commissariat est juste à côté.

— Non, ça ira, je vous remercie.

— Il faut que je prenne votre déposition, vous venez de sauter d'un toit.

— C'était un accident.

— C'est pire encore.

— Une erreur humaine ?

— Nous devrions parler de votre état d'esprit dans ce cas.

— D'accord, je vous suis, finit par accepter la jeune fille.

Léontine boite le long des trois rues qu'ils traversent jusqu'à l'esplanade, à l'angle de la rue Fabert. Il lui propose son bras, elle refuse. Le commissariat est un bâtiment de pierre encastré, sans aucune devanture vitrée. Il est tard et plus personne n'est sur les lieux. La jeune femme se dit qu'elle aurait pu vivre pire, s'étaler comme un vulgaire moucheron sur le sol. Mais il l'a rattrapée. Un agent de police! Victoire en aurait ri aux éclats.

Le bureau est noir lorsqu'ils entrent, l'homme allume une lampe à huile qui diffuse un halo de sainteté. Odeur de savon noir et de tabac.

— Asseyez-vous.

Elle obéit. Ne sachant quoi faire d'autre. Elle examine la pièce. Un avis de recherche lui saute aux yeux. Son estomac se retourne. Sur la photo, une figure bien connue : Emma.

— Qu'est-ce que c'est?

Il hausse les sourcils, suivant son regard plongé dans le dessin grossier mais reconnaissable de la jolie brune.

— Vous la connaissez?

— Non, répond vivement l'arrêtée.

— Elle a disparu, c'est un avis de recherche.

— Qui la recherche?

— Son mari. Qui d'autre?

Ainsi, Edmond cherche Emma. Il faut qu'elle lui somme d'être plus discrète dans la rue. Il ne l'oubliera pas si facilement, finalement. Elle se sent idiote aussi, de ne pas y avoir pensé. D'avoir laissé son amie survivre seule alors qu'elle est mariée. Elle-même ne sait pas ce que représente cette attache, « pour le meilleur et pour le pire ». Mais il était certain, à l'évidence, qu'Edmond n'aurait pas laissé sa femme s'évaporer dans les ruelles sombres de la ville sans la pister.

Léontine se sent de plus en plus mal à l'aise dans cet espace exigu, enfermée avec un homme. Que lui veut-il ? L'arrêter ? Il n'a aucune preuve contre elle. Il ne se doute pas qu'elle a fait quoi que ce soit. Et s'il pense aux Papillons Noirs, ils sont censés œuvrer à plusieurs, non ? Elle est seule, ce soir. Certes vêtue de noir et la poche remplie de papillons de soie, mais il ne l'a pas fouillée. Il ne peut pas être aussi perspicace. Elle devrait être tirée d'affaire… Du moins, jusqu'à ce qu'il voie l'annonce de l'effraction de cette nuit dans les journaux, peut-être ? Elle s'en veut de ne pas avoir été plus prudente.

L'homme mord un crayon de bois avec ses dents, un geste de nervosité ou d'ennui. Il prend quelques notes puis s'adresse enfin à elle. Sa voix est apaisante, comme ses questions routinières.

— Très bien, je suis obligé de vous demander votre nom, votre situation familiale et la raison pour laquelle vous étiez sur ce toit et avez sauté… dans mes bras.

— Léon… tine Delmas. Célibataire. Gratte-papier quand on m'y autorise.

Il lève un sourcil à l'évocation de sa profession.

— Et je… j'aime les toits de Paris la nuit. La vue est sublime, termine-t-elle d'une voix chevrotante, qui l'agace aussitôt.

— Moi aussi.

— Comment ?

— J'aime les panoramas également. Mais je passe par les escaliers, il ne me viendrait pas à l'idée de sauter jusqu'en bas.

— Chacun ses goûts.

— Mademoiselle, vous avez un métier, profitez-en pour… défendre ce qui ne vous plaît pas sans attenter à votre vie.

— Mais je n'ai aucune envie de mourir, vous savez. J'ai encore de belles choses à vivre, si on m'en laisse la chance.

Elle pense soudainement que c'est la première fois qu'un homme lui permet de s'exprimer. Mais elle devrait tout de même faire attention à ce qu'elle dit.

Le policier sourit. Puis, il finit d'écrire sa déposition avec le peu d'éléments à sa disposition et la laisse sortir. Elle sent son regard s'attarder sur son dos jusqu'à ce qu'elle tourne à l'angle de la rue.

Pièce à conviction n°6 : Article de journal

Les Papillons Noirs de nouveau au rendez-vous. Mais cette fois-ci, elles changent leur mode opératoire. Étrange ! Ont-elles perdu l'esprit à cause de leur célébrité naissante ? Quoique, une femme a-t-elle de l'esprit ?
Pour revenir sur cette information de dernière minute, un vol a été commis chez votre adulé reporter, moi en d'autres termes, mais ce n'est pas tout... Les Papillons ont réussi à pénétrer ma demeure et à la mettre sens dessus dessous en y déposant le symbole de leur méfait : un papillon en soie. Paix à mon âme car mon appartement, chers lecteurs, a été véritablement saccagé. Oui, c'est bien le mot. Vol et destruction. Un nouveau *modus operandi* ? Mais qui donc freinera ces Papillons en plein vol ?

Votre aimable reporter, Gildas Laveine
***L'Éclair*, 30 novembre 1922**

Notes de Rodolphe :

Lieu du vol : Chez Gildas Laveine. Même endroit où se trouvait la fille tombée du toit.

Vol : Elle n'avait pas d'objets sur elle à priori. Les a-t-elle laissés sur les lieux ?

Objectif : Filer Léontine Delmas.

Interrogation : Sont-elles vraiment redoutables et violentes comme le font croire les journaux ?

19

« C'est avec une grande joie que je vous offre ce matin une radiodiffusion du concert d'orgue joué au temple solaire hier soir. Une première sur Radiola. Je vous souhaite une bonne écoute, amis mélomanes. C'est parti… »

Les premiers accords sortent de l'appareil radiographique en offrant un aperçu de toutes les nuances et de l'harmonie que procurent cette musique. Dodelinant de la tête contre la fenêtre, et portant un pyjama Chanel prêté par Alice – puisqu'elle a laissé tous ses vêtements chez Edmond sans moyen d'en racheter – Emma attend avec impatience son premier rendez-vous en tant que Papillon. Elle a gardé secret son lien avec eux et n'a pas encore réfléchi à une excuse pour échapper quelques heures à la vigilance de son amie qui l'héberge. Elle doit attendre que Léontine, actuellement concentrée sur l'écriture d'un nouveau papier, quitte son domicile. Et miraculeusement, cela arrive plus vite que prévu.

— Je dois y aller, dit Léontine.

Elle attrape une veste aux boutons manquants et se précipite dans l'escalier en lançant une explication :

— Un reportage sur les nouveaux quais industriels des bords de Seine m'attend. On se voit ce soir.

— D'accord.

Emma est soulagée. Ses amies savent seulement qu'elle a décroché un travail et qu'elle peut y être hébergée. Elle n'a jamais vécu toute seule, à l'exception des années de guerre, ce qui lui rappelle de mauvais souvenirs ; aussi, elle prend son temps. Léontine le lui laisse avec considération. Mais Emma sait qu'il lui faut commencer sa nouvelle vie au plus vite, pour ne pas empiéter sur celle de son amie. Après cela, elle avouera son implication dans les actions menées par les Papillons. C'est promis.

Pataugeant dans la boue formée par la pluie diluvienne qui s'est abattue sur la ville toute la nuit, Emma a les bas trempés. Elle remonte l'avenue du Président-Wilson, puis longe la vieille église, où elle décline poliment l'invitation d'un portraitiste à la croquer sur sa toile, puis elle traverse le cimetière des vieux vélos.

Cet endroit est un peu magique. C'est le sanctuaire où s'échouent toutes les bicyclettes abandonnées par leurs propriétaires.

Le rendez-vous est fixé sous le porche de l'entrée nord du cimetière. C'est un lieu désert et tranquille. Elle n'a pas l'habitude de venir se balader à l'ouest de Paris.

Emma est inquiète. On lui a dit qu'elle allait rencontrer une porte-parole du groupe qui lui annoncera sa mission en tant que Papillon Noir. Bien sûr, elle ne va pas, dès les premières semaines, orchestrer des vols de nuit chez de riches propriétaires mais elle espère un peu d'action. Comme elle a changé ! Jamais elle n'aurait pensé, il y a quelques mois, se trouver à cet endroit précis, en attente de péripéties dans sa vie. Emma triture son collier de perles, ultime réminiscence de son passé de femme notable et mariée. Elle a posé sa bottine sur la marche du porche et effectue des rotations avec le deuxième pied. Un moyen de passer le temps. Un papillon de soie est épinglé sur son manteau pour être reconnue par la porte-parole. Emma se demande si la personne qu'elle va rencontrer est comme elle, une jeune femme perdue et dévouée à l'art, qui se trouve embarquée dans la cause des femmes par son histoire. Elle imagine une grande dame apprêtée et maniérée ou encore une fille revêche et solide qui a vécu mille vies.

— Emma ?

En se retournant, l'interpellée ouvre des yeux ronds comme des billes. Elle se sent tout à coup de trop, pas à sa place et se met à jouer avec ses cheveux lâchés.

— Que fais-tu ici, Emma ?

La personne en face d'elle a les cheveux coupés court, une maigre silhouette et des lèvres pleines. Elle lui est étrangement familière.

— Oh, Léontine. Eh bien, j'attends quelqu'un, mais je te retourne la question.

— Moi aussi j'attends quelqu'un.

— …

— Non c'est… c'est toi que je dois rencontrer ? La nouvelle recrue ?

— On dirait, oui.

L'une hausse les sourcils, l'autre les fronce.

— Emma, dans quoi t'es-tu embarquée ?

— Et toi, alors ? C'est toi mon contact ? Toi qui te procures les œuvres du musée résistant situé dans les tréfonds du Louvre ?

— Oui.

— Oh Léon, que nous arrive-t-il ?

Emma s'effondre sur le pavé, soudain consciente de son illégalité. Léontine est aussi étonnée. Elle a eu des remontrances quant à sa conduite inadaptée de la semaine dernière et doit prouver qu'elle mérite de faire partie de la bande en aidant une nouvelle à développer les projets. Elle tend la main vers Emma, figure frêle dans la nuit. Celle-ci se relève, mais ne semble pas tenir sur ses jambes.

— Léon, s'il te plaît, explique-moi comment tout a commencé pour toi, et je te raconterai à mon tour.

— Viens sur le banc, alors.

Léontine fait craquer ses doigts avant de commencer à raconter son histoire, débutée il y a quelques mois déjà. Emma l'écoute assidûment. Les alentours sont déserts, personne ne peut les surprendre. La conteuse s'éclaircit la gorge.

— En septembre dernier, j'ai rencontré un groupe de femmes, engagées, militantes. Avec elle, j'ai participé à des manifestations, dénoncé les abus masculins dans la rue, auprès des politiques… ça, tu le savais déjà. Mais certaines avaient un autre projet en tête. Elles désiraient que je les rejoigne au sein d'un groupe secret. Leur principe était de reprendre aux hommes malveillants et riches, ce qu'ils avaient acquis avec bassesse sur le dos des femmes, en ne les respectant pas. Quand les paroles ne suffisent plus, les actes ont plus d'impact.

— L'objectif des Papillons Noirs.

— Oui. Sans m'en rendre compte, je me suis laissé embarquer dans ce gang. Il n'en était qu'à ses balbutiements, on s'en prenait aux politiciens ou aux sénateurs. Et puis j'ai eu l'idée de constituer une liste. Je donnais des indications sur les hommes à dérober qui ont fait du mal autour d'eux et ils rejoignaient cette liste.

— Attends… S'en prendre à Edmond… Le vol chez nous. C'était toi ?

— Oui, après ce qu'il t'a fait, je me suis sentie obligée d'intervenir. Avec mes propres moyens. Ceux offerts par les Papillons. Excuse-moi.

— Non, je comprends à présent.

La lèvre inférieure d'Emma disparaît sous ses dents. Puis, elle pose sa main sur l'épaule de Léontine qui continue.

— Elles me disaient que je n'étais pas prête à y aller avec elle. J'attendais en bas, je ne prenais jamais de risques, je faisais simplement les poches, comme tu vas commencer par le faire. J'étais fière de rétablir la justice. Je me suis tout de même entraînée, dans ma chambre. Sauter, se pencher, atterrir, dérober, se faufiler. Et puis, ce fut mon tour. Tout est tellement rodé, fonctionne à merveille. On choisit un homme sur la liste. Chacun a son propre rôle. Et voilà. Un soir, j'ai eu envie d'y aller seule, rien qu'une fois. Car c'était personnel, encore plus que pour Edmond.

— Le saccage chez l'éditorialiste, c'était toi aussi ?

— Oui… Arrivée là-bas, je ne sais pas, j'étais en colère, je n'ai pas pu résister.

— Tu aurais pu te faire prendre.

— Je crois qu'un policier m'a vue, en effet.

— Léon ! Entrer chez quelqu'un seule la nuit, sans protection, c'est dangereux. Tu as eu de la chance que ce cuivre ne t'arrête pas. Et ce n'est pas leur ligne de conduite, les Papillons volent ce qu'il faut pour aider les femmes, c'est tout. Des tableaux représentatifs de la cause, des bijoux volés à des femmes esseulées, des objets précieux pour ces hommes…

— Ah je vois que tu connais bien le mot d'ordre. Cependant, tu es mouillée jusqu'au cou dans cette histoire également. Et parfois, nous n'avons pas le temps de faire le tri pendant un vol.

Devant la mine défaite d'Emma, Léontine éclate de rire.

— Raconte-moi comment ça s'est passé pour toi.

— Je cherchais simplement un travail, explique Emma. Pour me sentir vivante. Et tu sais comme j'aime les peintures. Alors quand j'ai entendu à la radio une annonce pour être guide dans ce merveilleux musée qu'est Le Louvre, je me suis empressée. J'ai répondu aux questions, passé des tests…

— Oui, cela, tu me l'as raconté. J'ai d'ailleurs été intriguée quand j'ai su que tu travaillerais au Louvre, il fallait que je sois plus discrète, nous étions amenées à nous croiser. Je me suis dit que je devrais tout te raconter… Et ensuite?

— Ivna m'a proposé de rejoindre les Papillons. Elle m'a fait visiter l'annexe au Louvre, ce musée exclusivement destiné aux femmes. J'ai trouvé l'idée singulière mais accrocheuse.

— Tu as compris que ces œuvres sont celles que je vole, que nous volons, en tant que Papillon?

— Oui, et je trouve ça formidable, Léontine. Ce n'est pas que du vol, c'est… tu as lu *Robin des bois*? Le film américain de ses aventures sort très bientôt en France.

— J'en ai entendu parler.

— Vous êtes les Robin des bois de Paris, qui volent aux hommes pour donner aux femmes.

— Et toi notre complice.

La mine d'Emma se renfrogne.

— Je crois que j'en ai besoin. De dépasser mes limites.

— Tu m'impressionnes Emma.

Celle-ci rougit.

— Allez, allons boire un bon chocolat chaud, propose Léontine.

— D'accord. Mais avant, ai-je une mission ?

— Tu es bien impatiente de faire partie du groupe ! Mais oui, je dois te confier des pièces rares, elles sont cachées pour l'instant. Nous ferons la transaction la nuit prochaine, ce sera moins dangereux.

— De quelles pièces s'agit-il ?

— Ça y est, tu es déjà devenue une vraie petite brigande !

Léontine offre une tape amicale dans le dos de son amie. Celle-ci pousse un petit rire flûté.

Aucune des deux n'a aperçu la tignasse grise derrière le porche, qui les observe et les écoute. Rodolphe passe sa main dans les larges poches de son manteau noir, censé cacher son léger embonpoint (pour un homme de loi, c'est mal vu) et allume sa cigarette. Il reste là quelques minutes à méditer la conversation qu'il vient de surprendre. Il est sergent aujourd'hui, mais il n'en a pas toujours été ainsi. On lui a offert une chance. Il était simple gredin il y a quelques années, à user dans les rues de sombres actes pour se nourrir ou obtenir les faveurs d'un chef charismatique. Mais ces femmes n'ont pas l'allure qu'il avait alors. Elles ont même une certaine élégance. Alors pourquoi planifier des larcins, quand elles peuvent avoir chez elle d'aussi beaux objets que ceux pillés ?

20

— Dépêchez-vous, le film n'attendra pas, s'impatiente Léontine.

De l'autre côté de la rue, Alice fouille dans son sac, visiblement chagrinée.

— Une minute, où ai-je mis mon collier de perles rouge ?

— Tu n'en as pas besoin, on sera dans le noir.

— Qu'allons-nous voir déjà ? demande Emma.

— *Nosferatu*, c'est un film américain qui parle d'un vampire.

— Un vampire ? Je ne sais pas si c'est une bonne idée.

— Ne t'en fais pas Emma, cela reste un film. Je dois écrire une critique pour *La dépêche*.

— Tu sais qu'André Breton et son groupe de surréalistes que tu aimes tant Em', ont rédigé une critique particulièrement élogieuse à son propos. Ils se sont précipités à sa sortie hier soir, renchérit Alice, rejoignant les deux amies sur le bon trottoir, arborant fièrement dans sa main le collier tant recherché.

L'entrée du cinéma est bondée. La foule s'empresse, son billet à la main. Les femmes ont revêtu une tenue du soir brodée « à l'égyptienne ». Depuis la découverte de Toutankhamon, on ne parle plus que de ça et les couturiers s'en donnent à cœur joie. Alice, par exemple, a sublimé son cou d'un collier de pierres aux motifs hiéroglyphes. Les filles réussissent à se contorsionner pour obtenir un fameux fauteuil rouge et ne rien louper de la projection sur écran blanc. Le projectionniste est terré dans sa cabine perchée, comme un capitaine dans son bateau. Son horizon : quelques mèches de cheveux grasses qui dépassent du tissu rouge.

L'image englobe tout l'espace, et le vampire a les dents aussi longues que la main d'Emma. Pour certaines scènes, celle-ci la place d'ailleurs devant ses yeux pour éviter de pousser des cris d'effrois. Léontine a la capacité d'écrire dans le noir, ce qu'elle fait tout au long de la projection, son esprit fourmillant d'idées et sa main suivant ses pensées. Alice, elle, est fascinée. Elle va rarement au cinéma. Lui préférant le théâtre. Pourtant, elle apprécie sa soirée. Les images sont remplies d'émotions et les costumes divins. Elle est entourée de ses amies et d'inconnus qui restent muets le temps du film, le temps de s'échapper de leur quotidien.

Après le film, Alice a prévu de rejoindre Louis chez lui. Elle ne supporte plus de résider seule dans son appartement à respirer le parfum de sa mère imprégné sur les tissus et les papiers peints, alors que le corps et l'âme sont, eux, absents. Elle dit au revoir à ses amies, et fait un détour par la maison de couture. Dans quelques jours, la grande exposition qu'elle a passé l'automne à préparer au travail, se tiendra dans l'aile ouest du Musée du Louvre. Elle doit juste vérifier que tout est en place pour la livraison et que tout soit exposé à temps. C'est une élévation de son statut d'employée que lui a concédé son patron. Elle doit faire ses preuves lors de cette grande soirée. Et ça lui change les idées de se focaliser sur cet événement.

Le lieu s'active en cette nuit brumeuse. Les couturières s'échinent sur les dernières finitions et à repasser les nombreuses robes courtes, amples, brodées et à franges qui s'empilent sur les présentoirs. Alice jette un œil à sa liste des modèles prestigieux qui seront présentés au public. Tout semble en ordre.

— Mademoiselle Alice !

Une jeune couturière la rejoint, essoufflée par sa course dans les escaliers sans doute. Tout le monde court ici, pour être prêt à temps.

— Il y a un problème.

— Raconte-moi, qu'y a-t-il Solange ?

Solange reprend son souffle, les mains sur les genoux. Elle relève ensuite la tête, son regard passe du visage d'Alice à son cou.

— Oh… je… je voulais vous dire que nous cherchions partout un collier d'inspiration égyptienne qui doit accompagner une robe de velours vert. Mais je vois que vous l'avez retrouvé.

Son ton est accusateur. Alice rougit et se souvient soudain de son emprunt pour sa sortie au cinéma.

— Ah mais oui, je l'ai porté quelques instants pour l'admirer. Je le rends tout de suite.

La jeune fille le retire précipitamment de son cou, non sans balbutier des excuses. Solange la regarde d'un drôle d'air.

— Ceci reste entre nous, bien sûr, sollicite Alice.

Solange ne répond pas, le visage crispé, puis elle s'efface en emportant le bijou convoité. Alice se prend le visage dans les mains. Qu'a-t-elle fait ? Risque-t-elle le renvoi si Solange parle ? Décidant de ne pas s'affoler pour ce qui n'a pas encore eu lieu, elle reprend son inventaire. En une vingtaine de minutes, les portants sont déchargés des pièces et rangés dans des boîtes.

— Parfait.

Alice a terminé son travail pour ce soir. Elle signe le papier assurant que tout est en ordre, prévient les livreurs pour le lendemain et dit bonne nuit à celles qui continuent de raccommoder et broder, si concentrées sur leur travail qu'elles n'ont probablement rien suivi de l'échange embarrassé survenu un peu plus tôt.

À quelques rues de là, Louis l'attend, rasé de frais, sur le seuil de son appartement. Il a la mine déconfite.

— Je suis désolé Alice, je ne peux pas te voir ce soir.

— Oh, mais, je croyais qu'on devait…

— Oui, je sais.

Derrière la silhouette de Louis, alors qu'il referme légèrement la porte sur lui, Alice perçoit des froissements, comme une présence.

— Tu es avec quelqu'un ? demande-t-elle.

— Non, c'est… personne. Je te recontacte, Alice. Passe une bonne soirée.

Et la porte claque sous son nez. Ébahissement et surprise. Que se passe-t-il ? Elle est certaine d'avoir aperçu une femme chez lui, et cette odeur de lavande qui reflue… Elle pensait que Louis était différent des autres, mais elle s'est fait avoir. Comme bien d'autres sûrement. C'est le mal de l'époque, dit-on. Un homme ne peut se tenir.

Restant plusieurs minutes sur le seuil de la porte, elle redescend lentement les marches, passant par un couloir indépendant au café. Sa soirée avait bien commencé mais tout s'est enchaîné avec embarras. Elle qui ne voulait pas rentrer seule à son appartement, décide d'aller flâner le long des quais. Le clapotis de l'eau devrait l'apaiser.

21

Emma et Léontine, qui ont un secret en commun, ne sont pas rentrées chez elles à la suite du visionnage de *Nosferatu*. Elles longent les quais, dans un grand silence, presque cérémonial. Un silence qui donne envie de parler de la pluie et du beau temps.

Ce soir a lieu la première mission d'Emma. Léontine remarque que ses jambes tremblent mais, plus confiante, elle lui attrape la main et son pas s'accélère. Elles tournent au niveau du grand escalier qui dessert les dessous du pont bleu. Une volée de marches bordée de constructions de style classique. Lorsque les jours se rallongent, le reflet de l'eau sur ces colonnades rend le pont aussi bleu qu'un ciel d'été. Ce soir-là, il est noir corbeau.

En deux enjambées, elles sont en bas. D'un geste assuré, sans regarder autour d'elle, ça aurait l'air suspect, Léontine se met à gratter la terre sous le pont.

Emma tente de l'aider du mieux qu'elle peut. Deux vases de type amphore sont dissimulés, enveloppés dans des couvertures de laine. Après les avoir époussetés, Léontine les tend à Emma.

— Tu peux les faire passer pour des bébés.

Emma a un mouvement de recul et des larmes lui montent aux yeux.

— Emma, qu'as-tu ?

— Je pense au fait qu'Edmond et moi désirions des enfants.

— Emma, tu auras des enfants, mais pas maintenant.

— Je sais mais…, dit-elle en ravalant ses larmes naissantes. D'accord, je vais y arriver, je suis forte.

— Évidemment que tu l'es !

— De quoi s'agit-il ? demande Emma pour changer de sujet.

— Ce sont des objets volés il y a quelques jours à un riche notable qui a violé une employée de la mercerie. Ces vases ont fait sa fortune il y a quelques années. Un juste revers des choses. Tu dois les apporter au Louvre, je te fais confiance.

— Mais bien sûr, Léon, pour qui me prends-tu ? C'est juste que… Ne t'en fais pas, je vais y arriver. Tu ne m'accompagnes pas ?

— J'ai quelque chose à faire ce soir.

— Tu vas… ? Oh. Je ne dis rien, mais Léon ? Pourrais-je un jour entrer dans le groupe ? Je veux dire, faire partie des vols, ne pas être simplement chargée de déposer les objets.

— Je suis passée par là moi aussi.

— Je sais bien, c'est égoïste de ma part de demander cela.

— Les Papillons Noirs ne sont pas que des acrobates, elles savent aussi filer avec la rapidité d'une aiguille tenue par une couturière renommée. D'où le symbole du papillon : impalpable et libre.

— J'ai hâte, Léon, tu sais. Les Papillons représentent tout ce que je n'ai jamais osé être dans ma vie. Elles se mettent sur mon chemin, à cet instant, pour m'aider à réaliser qui je suis et ce que je veux être.

Léontine sourit en pensant à l'image que le peuple se fait de ces figures de la nuit, intrépides et volatiles. Il se trouve que ce soir pourtant, elle doit travailler. Ses obligations passent avant le militantisme. Mais elle laisse Emma penser qu'elle sera sur un toit, à rétablir la justice.

— Attends, j'entends quelque chose.

Les deux filles tendent l'oreille.

— Ce doit être des passants sur la route, ou bien le clapotement de l'eau.

— Oui, ce n'est sans doute rien. Mais sois prudente ce soir. Prends les grands axes puis fonce vers le musée en empruntant les ruelles sûres.

— Merci Léontine, on se retrouve chez toi plus tard.

— Allez, dépêche-toi.

Pour l'occasion, la nouvelle apprentie a revêtu une cape noire avec une grande capuche, cachant ses longs cils. Alors qu'elle remonte l'escalier avec empressement, tête baissée, Léontine reste quelques minutes à fixer les quais. Elle est certaine d'avoir entendu un crissement de chaussures, ou une toux âcre. Elle replie ses épaules et avance très vite en longeant les quais. Elle empruntera le prochain escalier. Elle va faire un détour, elle doit semer quiconque la suit. Il y va de la mission des Papillons Noirs. Pour se donner du courage, elle sifflote comme les hommes une vieille chanson qui lui revient en mémoire.

Sous les ponts de Paris, lorsque descend la nuit, Viennent dormir là tout près de la Seine ; Dans leur sommeil ils oublieront leur peine ; Si l'on aidait un peu, tous les vrais miséreux ; Plus de suicide ni de crimes dans la nuit ; Sous les ponts de Paris.

Léon file au cabaret. Les vestiaires débordent de manteaux, écharpes et gants.

— Tu es en retard, la sermonne une petite dame au front ridé et aux doigts griffus qu'elle remplace deux soirs par semaine.

— Je suis désolée.

Léontine prend sa place et continue son travail : déshabiller, ranger, rhabiller. Ce soir, une troupe de danseuses américaines noires viendra enflammer la scène en bois d'acajou. Elle espère leur adresser quelques mots avant qu'elles ne performent. La tête baissée dans le col lie-de-vin d'un manteau en hermine pour y fixer l'étiquette numérotée, Léontine sursaute lorsqu'une main se pose sur son épaule.

— Tiens, vous ici !

Elle relève le menton et se retrouve face à Alfred, l'ami d'Alice qui l'avait gentiment écartée de son journal après le bref encart sur le concours de chapeaux qu'elle avait rédigé, cette fois-ci, tout sourire.

— Mais dites-moi, vous devez en voir du beau monde et des beaux vêtements ici.

— Ça c'est sûr ! grommelle Léontine, pas certaine de la conduite à tenir devant cet homme de renom capable de la rabrouer à la première occasion.

— Si je vous dis que je rêve d'avoir dans *Vogue* des images et des écrits sur les vêtements de la nuit ? Vous seriez la mieux placée pour devenir l'espionne secrète du grand Alfred de Monts, chuchote-t-il en penchant son corps en avant pour la confidence, obligeant Léontine à se reculer, les manches des manteaux épais lui frôlant le bras.

La musique vient de s'arrêter et une voix de soprano s'élève dans le couloir étroit. Des applaudissements enthousiastes s'élèvent. Léontine fronce le nez.

— Je croyais que vous n'étiez pas intéressé par mes écrits ?

— Voyons, inutile de ressasser de vilains souvenirs, tout le monde change d'avis.

— Si je le fais, je veux signer de mon nom de femme : Léontine, exige la jeune fille.

L'homme grogne mais avant qu'il ne réponde, sa femme les rejoint, toute guillerette, secouant la tête avec la mélodie qui s'échappe du cabaret.

— Entrons-nous Alfou ? Est-ce si long de déposer un habit ? Oh, bonjour mademoiselle !

— Chérie, je disais justement que ce lieu devait abonder en nouvelles tenues pour le magazine.

Léontine saute sur l'occasion :

— Et votre mari me proposait d'écrire en mon nom de femme un article dans sa revue.

— Vraiment ? Quelle bonne idée, Alfred ! Vous devriez accepter mademoiselle, il y a si peu de plumes féminines. Regardez cette reporter, Louise Weiss, envoyée en Russie pour écrire sur la politique. Elle y a rencontré Isadora, une danseuse passionnante, qui a jeté ses chaussures pour danser pieds nus. Quelle audace ! Et quelles femmes, ces deux-là !

— N'est-ce pas, monsieur ? rebondit Léontine.

Alfred s'empourpre, incapable de dire non à sa femme qu'il aime tant.

— Eh bien, oui, oui, pourquoi pas !

— Je veux une preuve écrite.

— Vous êtes pointilleuse.

— Et un bon salaire !

— N'exagérez pas ! On en parlera demain, passez au journal. Comment va cette chère Alice, d'ailleurs ? C'est votre amie, c'est ça ? Je suis allé à l'enterrement de sa mère, une belle cérémonie.

— Oui, elle s'en sort comme elle peut, ce n'est pas facile pour les femmes de nos jours.

La femme d'Alfred, agrippée à son bras, acquiesce à chacun de ses mots. Elle semble la comprendre.

— Puisque c'est réglé, allons-y. Alfred, donnez à cette demoiselle tout ce qu'elle veut, et allons voir danser ces artistes. Dépêchons-nous !

— Bien bien ! À demain miss…

— Léontine Delmas.

— Oui, c'est cela.

— Passez une bonne soirée messieurs-dames. Au suivant ! crie Léontine, ne pouvant s'empêcher de doter ses lèvres d'un sourire malicieux.

LES PAPILLONS en balade

C'est un curieux manège qui s'est joué hier soir dans les rues de Paris. Dans cinq des plus grandes bijouteries de la ville, des vols ont été commis, laissant en lieu et place des montres, bagues et bracelets, des papillons de soie noire. Ces bijouteries, réputées pour leurs prix exorbitants, inaccessibles aux familles modestes, et exigeant des acheteuses qu'un homme les accompagne en boutique, portent plainte contre les Papillons Noirs. Celles-ci ont envahi la ville, à exercer dans plusieurs endroits au même moment ! Combien sont-elles désormais ? L'enquête suit son cours...

Le Petit Parisien, 28 novembre 1922

DÉCEMBRE 1922

22

La maison de couture Lubin s'associe aujourd'hui au Musée du Louvre pour vous présenter une sélection d'articles détonants issus de la nouvelle collection Alexandrie, sur le thème raffiné de l'Orient. L'occasion de découvrir des robes vaporeuses et des parfums hindous tout en contemplant des sculptures exotiques. Entrée gratuite.

Alors que le hall d'accueil du Louvre est rempli de costumes bigarrés, de robes en soie drapées sur des mannequins et de chapeaux aux nœuds satinés, qu'Alice ne sait plus où donner de la tête tant il y a du monde, Emma file à l'anglaise. Elle est passée voir l'exposition pour laquelle son amie s'est donné tant de mal, mais ne s'attarde pas. Elle doit travailler. Emma monte les marches deux par deux en sautillant. Le parquet ciré est particulièrement glissant en ce jour et elle doit fournir des efforts pour conserver son équilibre. Elle traverse le Salon carré où un Raphaël trône majestueusement et rejoint une joyeuse bande d'étudiants en beaux-arts qui franchit le vestibule de la longue galerie où s'accumulent les peintures italiennes, pour aller s'installer devant *Les Noces de Cana*, descendu des cimaises pour l'occasion. Emma, leur guide, se présente à eux et respire posément pour calmer sa nervosité. S'exprimer ainsi face à des inconnus ne fait pas partie de ses habitudes. Lorsqu'ils sont tous accrochés à ses mots, elle les prie de remarquer la précision des traits de peinture de couleur et la foultitude de détails présents sur les 130 personnages de la toile. Elle leur laisse ensuite le temps de s'inspirer, d'étudier puis de croquer à leur façon l'âme du tableau.

Les jeunes artistes observent, lèvent leur mine de fusain et plongent sur leur feuille de papier au grain épais. Emma apprécie énormément son nouveau travail. Chaque jour, elle redécouvre les œuvres du musée à travers les yeux ébahis des visiteurs.

Cette représentation des noces dans la peinture de Véronèse lui fait penser à une autre fameuse cérémonie. Il y a deux ans, celle qui a changé sa vie.

Elle accompagnait Edmond au mariage de son cousin, riche négociant dans le secteur de l'industrie porcelainière. Avec la fin de la guerre, beaucoup de jeunes couples s'étaient mis à organiser des cérémonies fastes et enjouées. Ils se disaient que si la guerre ne les avait pas séparés, qui le pourrait à présent ? C'était le moment de s'aimer sans se poser de questions, de donner une image grandiose de leur famille. Emma s'était apprêtée pour l'occasion. Robe noire à sequins et chapeau à plumes. Elle avait dansé, ri, bu et mangé à outrance. Vers 10 h du soir, elle s'était assise sur un banc, ses pieds la faisaient souffrir, elle avait enlevé ses chaussures tandis qu'Edmond s'époumonait à qui voulait l'écouter, sur l'importance de miser sur les bons chevaux pour la course hippique de l'année, la première du fameux Prix d'Amérique.

Une jeune femme était venue s'asseoir à quelques centimètres d'Emma. Les pommettes hautes, les traits espiègles, elle avait croisé la jambe droite sur la gauche, ce qui avait aussitôt déplu à Emma.

— Impossible de trouver une aimable personne qui accepte que je l'interroge ! bougonnait-elle.

Emma l'avait observée, elle semblait avoir quelques années de moins qu'elle. Elle avait les joues roses, les cheveux bruns ébouriffés.

— Soit je suis trop jeune, soit trop « fille » pour être prise au sérieux, quel culot ! continuait-elle à se plaindre.

Emma n'osait pas bouger. Cette fille semblait en antinomie avec la cérémonie luxueuse qui se tenait aux portes du Bois de Boulogne. Pourtant, il y avait quelque chose chez elle qui l'intriguait.

— Tu comptes le boire ?

— Pardon ?

— Ta boisson. J'ai soif.

— Oh.

Emma avait tendu à la jeune fille le reste de son verre. Mélange d'alcools vaporeux.

— Merci. Moi, c'est Léontine.

— Emma.

Les deux femmes ne se dirent rien d'autre de la soirée. L'une repartit ses chaussures à la main, l'autre avec son carnet de notes vierge, hormis des gribouillages d'exaspération.

Cependant, lorsqu'il fut l'heure de partir de la fête, elles se retrouvèrent au portail de la maison au même moment. Emma attendait une nouvelle fois son jeune époux et Léontine lui avait octroyé un clin d'œil.

— Hé ! Tu fais quoi encore ici ? Je t'ai dit de déguerpir ! cria le cousin nouvellement marié du haut du balcon.

— Je travaille, répondit Léontine sans baisser la tête.

Mais alors que deux hommes furent envoyés à ses trousses, Léontine s'était dit qu'il était inutile de tenter le diable, elle avait pris ses jambes à son cou, perdant dans sa course son précieux carnet. Emma s'était empressée de le ramasser.

— Je sais où elle habite. En face de Notre-Dame.

Emma s'était retournée. Une grande blonde élégante en tenue de danseuse se tenait à sa droite.

— Tu étais là pour le spectacle ?

— Oui, danseuse de nuit. Mais je cherche un travail dans la mode. C'est un sac Lanvin ? s'était exclamée la danseuse.

— Oui, un cadeau de mon mari.

— Je vois. Si ça te dit, rendez-vous demain matin au pied de la cathédrale. On ira rendre son carnet à l'apprentie pigiste.

— Je ne sais pas...

— Une folle aventure, ça ne te tente pas ?

— Eh bien...

— Emma, nous y allons, grondait Edmond au bout de l'allée.

— Si jamais tu changes d'avis, j'y serai. Au fait, moi, c'est Alice.

— Enchantée Alice.

Ce soir-là fut sa première rencontre avec les filles, ses amies. Elle n'oublierait jamais cette nuit.

Retour au temps présent : le musée, les artistes, son

travail. Après la salle italienne, Emma traverse un vestibule où elle a la sensation d'être introduite dans les appartements d'un collectionneur de goût. Des Degas et des Manet se frôlent sur les cimaises. Les étudiants jettent des yeux ravis aux murs. Emma se souvient du jour de la sélection pour être guide, elle se sentait perdue dans ces vastes espaces abondants d'œuvres d'art. Aujourd'hui, elle se repère plus facilement. Elle laisse ensuite ses visiteurs dans le salon espagnol où ils peuvent reproduire les œuvres sur leur toile transportable, en ne manquant pas de leur présenter un coffre en bois sculpté de toute beauté.

— Bien, cette visite est terminée pour aujourd'hui. Je vous laisse ici.

À présent, Emma rejoint Ivna, qui porte un corsage à pois extravagant, dans la galerie de Médicis. Cette dernière voulait lui montrer quelque chose. Sans qu'Emma ait le temps de prononcer un mot, sa référente l'entraîne dans un dédale de couloirs tantôt déserts, tantôt grouillants de spectateurs, amusés ou émerveillés devant les œuvres exposées. Une salle ronde achève leur pérégrination qu'Ivna rend inaccessible au public par une serrure décourageante.

Dans la pièce sans fenêtre, un tableau en pied d'une jeune femme de profil richement vêtue attire son attention. Deux secondes plus tard, celui-ci se détache du mur et coulisse dans un grincement. Emma pousse un cri. Elles se faufilent derrière la toile, à genoux. L'espace clos est exigu, un trou dans un mur qui peut accueillir deux personnes tout au plus.

Une fois le tableau remis à sa place, une grille permet de bénéficier d'une vue en biais sur une autre salle du musée en contrebas. Sa particularité est qu'elle se trouve maintenant exactement au niveau des poches latérales de veston des visiteurs. Si bien que lorsqu'un homme passe, laissant pendre joliment une montre à gousset ou la chaînette d'un portefeuille, c'est avec dextérité qu'Emma est censée s'en emparer en écartant légèrement la grille du mur qui ne tient que sur deux vis. Elle rougit de ce qu'elle s'apprête à faire. C'est du vol, non ?

— Sache que tous les hommes que nous délestons d'une fortune ou d'un objet font partie d'une liste de noms. On ne s'en prend pas à n'importe qui. Une de nos collaboratrices a voulu régler une affaire personnelle une fois, sans preuve ni arguments, elle l'a payé cher.

Emma se doute que la femme parle de Léontine. Mais son amie ne lui a pas dit qu'elle avait dû en payer les conséquences. Qu'a-t-elle accompli pour s'excuser ?

— Sur la liste se trouve le nom d'Edgard Fluteau. Et « La Renarde », l'un des membres des Papillons que tu rencontreras bientôt, m'a assuré qu'il allait venir faire un tour au musée aujourd'hui. Je n'ai plus qu'à rester là à attendre.

— Et s'il ne frôle pas le mur à ta portée ?

— Je changerai de cachette. Le musée possède un double mur s'étalant sur des couloirs entiers.

— Oh, s'étonne l'apprentie cambrioleuse.

— Nous t'enverrons une liste d'hommes et de portraits dans ta chambre et tu commenceras dès demain. Surtout, reste discrète. Une femme sait baisser la tête mais a toujours des poings pour frapper. N'oublie jamais ça.

Emma opine du chef, elle est fière de ce qu'elle fait pour les femmes, pas après pas. Même si elle a toujours peur, elle surmonte ses craintes petit à petit. Et savoir que Léontine est dans la même situation qu'elle lui donne du courage.

— Tu es bien installée ? demande Ivna en faisant référence à son emménagement récent dans l'aile sud du musée.

Une petite chambre simple mais coquette lui a été attribuée en échange de son travail, s'ajoutant à ses trois francs par visite réalisée.

— Oui, parfaitement, merci.

Ce fut difficile de quitter Léontine mais elle aime sa nouvelle indépendance.

Elle décide donc, après avoir laissé Ivna à sa mission, de s'accorder une promenade artistique parmi les œuvres. La nouvelle section consacrée à l'Égypte lui fait de l'œil depuis le phénomène Toutankhamon. D'ailleurs, elle a appris que la chambre des ancêtres du roi égyptien Thoutmôsis III allait être transférée prochainement dans le bâtiment. Quelle aubaine ! Elle croise des visiteurs qui, comme elle, admirent les œuvres, un guide bleu à la main, s'étonnent de statues aux proportions élégantes, se surprennent à lire des notices historiques en récitant à voix haute ce qu'ils ont appris. Le musée est un petit monde en soi. Loin des hennissements des chevaux et du tumulte des voitures à l'extérieur.

— Emma ! C'est toi ?

Effrayée par cette voix familière, Emma fait volte-face et tombe nez à nez avec celui qu'elle avait espéré ne jamais revoir. La belle se fige puis s'enfuit sans demander son reste, guidée par l'instinct insondable d'une biche pourchassée par le chasseur.

— Emma, attends !

Edmond se met à lui courir après. Ses pas sont beaucoup plus grands que les siens. Il va la rattraper très vite. Elle est idiote aussi, comment a-t-elle pu penser qu'il ne la retrouverait pas ? Paris n'est pas si grande. Et elle travaille dans le musée le plus connu de la capitale ! Mais elle a un avantage sur lui. Elle connaît le musée par cœur. Elle descend quatre à quatre les marches, puis tourne dans l'aile nord en plongeant dans le virage. Elle sent encore ses pas dans son dos. L'air se rafraîchit autour d'elle. Elle court en bousculant des enfants et des femmes sur son passage. Ses bottines fendent le parquet. Elle dérape sur le sol trop bien ciré. Puis, alors que son souffle s'amenuise et qu'elle ne reconnaît plus les couloirs – se serait-elle trop éloignée ? Non, il y a une porte à sa droite : une sortie ? Elle s'arrête soudain. Il est à quelques mètres. Elle entend sa respiration haletante. Emma reprend la sienne et pivote. Soudainement. Elle n'a plus le choix, il faut qu'elle fasse face. Leurs regards se croisent. Elle perçoit le visage grinçant d'Edmond et ses yeux gris de prédateur. Elle ne lui laisse pas le temps de parler.

— Je veux divorcer.

— Emma, tu n'es pas sérieuse, reviens à la maison.

Il s'avance, tente d'attraper sa main. Elle recule d'un pas mais tient son regard.

— Si tu ne m'y autorises pas, je disparaîtrai, je m'en fiche, je n'ai pas besoin de ça, mais sache une chose : jamais je ne retournerai avec toi.

Elle le fixe intensément pour laisser le temps à son mari de bien s'imprégner de ses mots. Et elle part en courant.

— Je sais ce que tu fais ! lui crie-t-il.

A-t-elle bien entendu ? Que veut-il dire ?

Peu importe, la seule chose qu'elle sait et doit faire : fuir. Sans regret. Trop sonné, il ne la suit pas, elle a le temps de franchir les quelques pas qui la séparent de la porte en fer qu'elle tire contre elle, puis elle s'engouffre dans l'air froid et vivifiant de ce mois de décembre. Elle lui enverra les papiers à signer, lui demandera qu'il les planque dans un endroit pour qu'elle les récupère, pour que jamais, jamais, ils ne se revoient. Peu importe le procédé.

23

Léontine est adossée contre un mur en brique, occupée à jouer avec ses doigts pour patienter. Il y a quelques années, une diseuse de bonne aventure a étudié sa main comme on parcourt une carte, analysant sa ligne de vie et celle de cœur, lui assurant qu'elle ferait de grandes choses dans l'avenir. Mais la jeune fille est incapable aujourd'hui de distinguer les marques sur sa peau. Un frottement de tissu la fait sursauter. Léontine détache son regard des lignes de sa main et se concentre sur la rue. Le bruit provient des jupons d'une vieille dame qui traverse la route devant elle. Rassurée, elle se remet en position de vigilance, les bras croisés, la tête en arrière.

Ce soir, une grande action est programmée. En effet, cela fait plusieurs semaines que les médias ont perdu tout intérêt pour les combats des femmes qui ne sont plus relatés. Est-ce un plan de leur part ? Une façon de les rejeter pour de bon loin du devant de la scène et les réduire à néant ? Léontine et ses amies sont convaincues qu'il faut changer de méthode pour obtenir un écho médiatique. Frapper plus fort, plus intensément. Antoinette se plaignait de la virulence des articles, mais aujourd'hui il n'y a plus que les actions des Papillons à être relayées à la manière d'un fait divers, à la dernière page du canard. L'indifférence à l'égard des femmes et de leurs « nouvelles lubies » est déclarée. À moins qu'ils se taisent pour mieux ressurgir ?

Les femmes qui essaient de se battre pour leurs droits comprennent que celles qui se font appeler « Les Papillons Noirs » ont les mêmes combats. Elles veulent toutes qu'on leur accorde plus de considération. Ivna, Victoire et Antoinette ont contacté des femmes révoltées, habituées des cortèges et des grèves, et prêtes à faire entendre leurs voix. Elles leur ont parlé de cette action. Habituellement, les Papillons agissent dans l'ombre, anonymement, tels des papillons de nuit. Léontine se dit qu'il est temps que toutes ces femmes se rejoignent, et puisqu'elles adhèrent aux mêmes revendications, qu'elles l'expriment ensemble. Certaines ne font que distribuer des tracts, élever la voix dans des salons, d'autres ont déjà croisé Léontine devant le Sénat, mais ce soir, elles sont toutes là. Emma aussi, dans un autre arrondissement. Elles portent avec honneur un papillon sur le haut de leur robe, symboliquement, pour montrer qu'elles sont plus nombreuses que la police ne le croit.

Les hommes ont réussi à faire croire aux femmes que leur place était dans l'ombre. Il n'en est rien.

Léontine bat du pied d'impatience. « La Renarde » devrait être ici d'une minute à l'autre. Sa nouvelle amie est passionnée. Elle a toujours refusé de rejoindre un parti politique, se bat pour ses propres idées. C'est ce qui la rend si convaincante. Comme pour l'opération lampadaire, les femmes se sont donné rendez-vous à des endroits stratégiques de Paris, des pierres dans leur musette. Ces fichus journalistes seront obligés de parler des faits. Au 7e son de cloche de 7 heures, des vitres se briseront. Impossible de nier les conséquences.

Victoire et elle doivent s'approcher de la boîte aux lettres des messieurs Carique et Drapé, deux sénateurs ayant refusé de voter en faveur du droit de vote des femmes. Ils auront le droit à un joyeux méli-mélo sur leur seuil de porte lorsque leur boîte aux lettres explosera. Depuis peu, Paris a remplacé les boîtes aux lettres publiques disposées dans chaque quartier par des boîtes personnelles, attenantes à chaque habitation.

Le premier son de cloche de l'église Saint-Eustache résonne dans les ruelles sombres du début de soirée. Ça y est !

— Je suis là, souffle Victoire au cou de Léontine.

— Il était temps.

La nouvelle arrivée tend à Léontine un chiffon à fleurs, d'apparence anodine. Pourtant, son poids vient contredire son aspect puisqu'à l'intérieur se cache une fabrication artisanale de composants hautement explosifs. Les mains fébriles mais résolues, Léontine s'en empare et le glisse sous son manteau.

Après un signe de tête à son amie et camarade, elle se dirige dans la grande avenue aux devantures blanches et aux petits balcons noirs. Victoire est partie à l'opposée, à deux rues de là. Elle s'approche d'un grand hôtel particulier richement décoré, encapuchonnée, la tête baissée.

Tintement de carillon en *la* majeur.

Léontine dépose le fichu dans le contenant à courriers avec précaution, recule de quelques pas et y jette une allumette enflammée. Aussitôt, le 7e son de cloche retentit, le fichu prend feu et les composants à l'intérieur fusionnent. Le bruit est assourdissant, la boîte aux lettres éclate en milliers de morceaux. Léontine court. Partout dans Paris, des bris de vitres s'amoncellent, des femmes s'indignent. Léontine doit s'éloigner le plus vite possible de la zone. Elle a prévu de rejoindre Emma dans un café, l'air de rien.

La jeune militante passe devant une rue au sein de laquelle une devanture est brisée en éclats de verre disparates. Léontine sourit. Mais ce qu'elle voit ensuite fait disparaître son sourire comme la lune derrière le voile du nuage. Son cœur se soulève. Quatre hommes revêtus de l'uniforme des agents de sûreté observent les dégâts et maintiennent avec force l'une des leurs, Valérie, un Papillon. Léontine est effrayée. Comment ont-ils pu arriver aussi vite sur les lieux ?

— Hé là !

Cette interpellation s'adresse à elle cette fois-ci, elle en est certaine. Léontine se met à courir dans l'autre sens, revenant sur ses pas, faisant un détour pour rejoindre le Café de l'Après. Elle bifurque, accélère, enjambe un caniveau, manque de trébucher sur un ballon d'enfant, pivote sur elle-même, emprunte une grande rue qu'elle traverse à toute allure. Les pas derrière elle semblent s'amoindrir. Elle est peut-être tirée d'affaire.

Alors que la jeune fille trottine dans la petite rue de la mercerie, elle tombe nez à nez avec un charmant policier qu'elle connaît bien. Elle se souvient de sa moustache, de son ventre protubérant, de sa fossette à l'œil et de l'écusson sur son veston. Le vent fait légèrement onduler ses cheveux qui retombent sur son œil gauche. Il souffle pour les soulever. Elle décide de ne pas détourner le regard, malgré son essoufflement, la tempête qui gronde derrière elle, sa tenue inadéquate pour une femme, et le fait qu'elle soit poursuivie. Ne rien laisser paraître.

— Encore vous, dit-il d'un ton monocorde.

— Excusez-moi, je n'ai vraiment pas le temps de faire la causette.

Derrière elle, des bruits de pas. Elle jette un œil en arrière et aperçoit le chapeau caractéristique des forces de l'ordre. Ne pas fuir, sinon, l'homme à moustache l'arrêtera aussitôt.

— Permettez-moi de passer, merci.

— Mais je ne vous retiens pas.

Il s'écarte d'un pas en arrière et Léontine en profite pour allonger le sien. Mais trop occupée à fuir discrètement, elle n'a pas fait attention à l'avenue qu'elle traverse maintenant. Des dizaines de policiers ont arrêté ses alliées. Elles sont enchaînées sur la place, formant un groupuscule endiablé de figures féminines à la merci des hommes. Elles sont toutes emmenées de force dans une voiture. Comment ont-ils su ?

— Cachez-vous là !

Léontine se retourne derechef.

— Pardon ?

Le détective-policier, peu importe qui il est, l'a rattrapée, et la tire par le bras pour la cacher sous un escalier de service.

— Allez-y.

En deux secondes, elle est recroquevillée sur elle-même dans une vieille rue sale et malodorante. À un cheveu près, car un groupe d'hommes, ceux qui la suivaient depuis le début, arrive à son niveau. Elle rapproche ses genoux de son menton, pour se faire plus petite qu'une souris. Mais ils s'adressent à celui qui l'a aidée.

— Rodolphe, tu as trouvé quelque chose ? On ne nous avait pas dit qu'elles étaient si nombreuses.

— Et si ragaillardies ! J'me demande ce qui les met dans cet état-là, ajoute un gros bonhomme au menton en pointe en rigolant.

— Elles se sont enfuies par là-bas, répond Rodolphe, toujours sur un ton monocorde.

— Très bien, allons-y.

— Je reste ici au cas où.

— À tout à l'heure, on se tient au jus.

Léontine laisse passer cinq minutes de souffle rapide pour calmer ses nerfs. Elle sait que Rodolphe est toujours là, à attendre qu'elle sorte de sa cachette. A-t-elle le courage de le faire ?

Plus loin, elle entend les cris de protestation des femmes, les halètements des courses-poursuites, la hargne des hommes de l'ordre. Comment cette action censée faire émerger les femmes à la face du monde a-t-elle pu causer leur emprisonnement et leur perte ?

Soudain, elle voit des pieds, puis une tête apparaître. Rodolphe s'assoit à côté d'elle. Ils sont si serrés qu'elle retient sa respiration un peu trop longtemps, puis tousse frénétiquement. L'homme prend le temps d'allumer un cigare et laisse la fumée rebondir entre les marches de l'escalier au-dessus de leur tête.

— Je dois vous remercier, ose soudain prononcer l'échappée.

— En effet.

— Pourquoi ?

— Pourquoi ne pas vous avoir arrêtée ? Bonne question. Je l'ai déjà fait une fois, n'est-ce pas ?

Elle repense à ce vol plané jusque dans ses bras. Il sait que c'est un Papillon Noir. Il a fait le lien entre les actions dans la rue et les vols nocturnes.

— Je veux bien passer sur vos frasques militantes, mais le vol chez des hommes… que cela vous apporte-t-il ? lui demande-t-il.

— J'ai mes raisons.

— Lesquelles ?

Léontine reste silencieuse. Elle se bascule d'avant en arrière, son dos cognant contre la structure en métal à chaque à-coup.

— On veut votre peau. On connaît le nom de certaines de votre groupe, ils vont passer à l'action, renchérit Rodolphe.

— Qui ça ?

— La police.

— Pourquoi me prévenez-vous ? Vous en faites partie, non ?

— Vous m'êtes sympathique. Vous me faites penser à ma petite sœur. Je ne l'ai pas vue depuis... Peu importe. On vous blâme pour ces actions, mais si on vous écoutait un peu plus, vous n'auriez pas besoin d'attirer l'attention.

— En effet.

Léontine s'étonne de la tournure que prend sa relation avec le policier. Est-il vraiment de son côté ? Ou cherche-t-il à la coincer ?

— Que me conseillez-vous ?

Elle sourit. Demander conseil à un policier, on aura tout vu !

— Cessez un moment, propose-t-il, revenez à des actions pacifistes.

— Ça ne fonctionne pas, le pacifisme. Les femmes ne peuvent s'exprimer comme un homme. On nous force à agir avec violence.

— Pourquoi ne pas vous présenter aux élections, changez vraiment les choses.

— Moi ?

— Qui d'autre ?

Il rejette la fumée par sa bouche. Odeur de sable et d'orage.

— Comme si c'était aussi simple. Je ne fais pas le poids contre… des gens comme vous.

Léontine a un instant d'hésitation.

— Vous essayez de me faire avouer des méfaits pour m'arrêter, c'est ça ?

Il éclate de rire, se gratte la barbe.

— Voyons, mademoiselle, je sais déjà tout ce que vous avez fait, je n'ai pas besoin de preuves.

— Et je ne vous fais pas peur ?

— Si, un peu.

Elle le regarde, étonnée. Un homme qui avoue sa faiblesse devant une femme ! Finalement, ce détective est intéressant. Conscient du silence troublant, Rodolphe continue.

— Si vous voulez qu'on vous entende, agissez subtilement. Ou agissez avec mon aide. Vous aurez plus de pouvoir avec un homme à l'intérieur de votre mouvement.

— Attendez, vous voulez faire partie des… enfin vous voyez. Vous voulez espionner de l'intérieur, c'est ça ?

— Non, je veux vous aider.

— Pourquoi ?

— Je ne crois pas en l'injustice. C'est pour cela que j'ai choisi de devenir policier.

— Je dois en parler avec mon groupe.

— Faites. Nous nous reverrons. J'ai juste une question…

— Oui.

— À quoi rêvez-vous en faisant cela ?

— Je ne m'accorde pas le droit de rêver, je me contente de survivre.

Il sourit. Puis, dans un frottement de tissu, Rodolphe sort de leur cachette. Il lui tend ensuite la main pour l'aider à s'extirper.

— Prenez la grande rue et rentrez chez vous. Ce qu'il faudrait, c'est trouver un moyen de rallier l'opinion de toute la population à votre cause. Pas que les femmes…

— Comment ? fait Léontine en croisant les bras contre sa poitrine. Vous me prodiguez des conseils qui sont impossibles à appliquer. Et on ne se connaît même pas.

— Je ne vais pas vous mâcher le boulot non plus, dit-il de son ton bourru habituel.

Finalement, il lui adresse un signe de la tête. Puis retourne au centre de l'agitation. Léontine se retrouve seule, un peu chamboulée par cet échange. Ce policier ne l'a pas arrêtée, elle est saine et sauve ! Elle rebrousse finalement chemin, bien décidée à retrouver Emma qui doit l'attendre depuis un moment.

Discrètement, elle traverse les voies désertes, essaie d'éviter les groupes armés qui font le guet. Elle arrive enfin devant la pancarte « Café de l'Après ». Mais à l'intérieur, les bougies ondulent sur les tables vides. Le café a l'air fermé, et pas le moindre signe d'Emma. Elle espère qu'elle va bien mais c'est trop risqué d'attendre dehors. Léontine continue son chemin jusqu'à chez elle, suivant les conseils de Rodolphe, malgré elle.

Un flocon tombe sur son nez. Il neige. Le blanc sur le trottoir noir éclaire son chemin comme les cailloux du Petit Poucet. Elle referme sa veste, replace sa capuche. Un attroupement bloque la circulation de la rue. Pas le même que celui qu'elle vient de quitter. Des acrobates font de la réclame pour un spectacle ayant lieu ce soir au théâtre de la place. Elle dévie de son itinéraire pour éviter la marée montante de chapeaux à plumes, cordes multicolores et chants enfantins.

Elle passe sous une alcôve. Celle de la place du Louvre. Oui, c'est là-bas qu'elle doit être. Avec les femmes.

L'entrée secrète de l'annexe du Louvre n'est plus si secrète. Des dizaines de femmes font la queue pour y entrer. De quoi rendre cet attroupement suspect. Les actions des Papillons Noirs semblent s'être répandues comme une traînée de poudre. Léontine s'infiltre parmi elles. Elle psalmodie le mot de passe, un extrait tiré du roman de Victor Margueritte, nouveau procédé de sécurité face aux rondes de la police, puis pénètre dans la grande pièce, jouant des coudes face à l'agitation. Une chaleur étouffante y règne, contrairement au froid glacial du dehors. Léontine aperçoit Ivna, affalée dans un fauteuil.

— Il y a du monde ce soir, c'est risqué, non ?

— Oui, je crois que notre célébrité nous surpasse. Une idée d'Antoinette, elle t'en parlera elle-même. Il va falloir penser à une nouvelle porte d'entrée.

— Tu n'as pas l'air bien ? Est-ce cela qui te tracasse ?

— Oh non, Léontine, c'est autre chose… Ils ont Victoire.

— Quoi ?

Léontine est effarée. En s'enfuyant, elle n'a pas pensé une seconde à sa camarade.

— Ils ont placé des policiers dans l'immeuble où elle devait agir. Ils l'ont eue tout de suite, avant que ça n'explose, c'est Edith, qui était dans le coin, qui l'a vue se défendre.

— Oh non ! Que peut-on faire ?

— Rien pour l'instant… Les incarcérations sont si nombreuses, nous devons attendre demain matin pour être certaines du nombre que nous sommes.

Antoinette, un bandeau noir fixé sur la tête, ses cicatrices plus visibles que jamais à la lumière, rejoint justement les deux femmes et s'affale à son tour sur le deuxième fauteuil.

— Nous allons la libérer. Ne perdons pas espoir. En attendant, accueillons comme il se doit nos nouvelles recrues.

— Comment as-tu fait pour convaincre toutes ces femmes ? demande Léontine.

— Une lettre ouverte à toutes les Parisiennes. Mais qui pourrait s'étendre à toutes les Françaises, ajoute Antoinette. Je les ai adressées dans la semaine afin que toutes celles qui se sentent dénigrées ou inférieures aux hommes nous rejoignent ici. Et nous allons passer la nuit toutes ensemble.

— Et si un homme était venu ? s'exclame Léontine.

— Impossible ! La lettre était associée à un carnet de vente de lessive par correspondance. Tu as déjà vu un homme faire la lessive ?

— Malin, acquiesce Léontine. Mais pas infaillible.

— Pour l'instant, ça porte ses fruits. Elles portent toutes un papillon comme signe de ralliement. La liberté des femmes est en marche.

Le sourire d'Antoinette est communicatif. Et Léontine se détend un peu. Mais elle songe à toutes celles qui passeront la nuit et même plus derrière les barreaux sous les regards brûlants des hommes.

Depuis quelques temps, Dans les dancings et dans les bars
Tous les assistants, Demi-mondaines et fêtards
Sont épouvantés, désemparés, écervelés,
Par une musique endiablée qui fait fureur en vérité

Une soprano s'est mise à chanter une des nouvelles chansons tendance. Des doigts courent sur le piano. Ça swingue, ça jazz. D'autres femmes la rejoignent et chantent en chœur. Ce moment de complicité unit le groupe.

Ça va faire, oui ma chère, sensation, car ça tourne à l'obsession

Y a du jazz-band le jour, la nuit, Y a du jazz-band partout,

C'est le grand succès de Paris…

… Chantent en chœur la pianiste et ses accompagnatrices. D'autres en profitent pour se dandiner sur l'air fringant de la musette d'Alibert.

— Il faut qu'on trouve le moyen de convier les hommes à notre groupe, tente Léontine, repensant aux mots du policier.

— Pourquoi faire ? s'étonne Ivna.

— Pour avoir plus de poids, ça devient petit ici pour toutes les femmes de Paris.

Edith, témoin de l'emprisonnement de Victoire, les rejoint en entendant cela :

— Je ne crois pas que nous ayons besoin des hommes. Nous sommes capables de nous débrouiller par nous-mêmes. Ne l'avons-nous pas fait pendant la guerre ?

— C'est vrai ça, renchérit Antoinette. On ne peut pas leur faire confiance. Ils acquiesceront mais agiront à l'encontre de ce que nous voulons l'instant d'après. Ce lieu est un sanctuaire.

— Pas besoin de faire venir les hommes ici, mais peut-être que certains d'entre eux peuvent nous aider, peuvent nous comprendre.

— C'est dans la ville entière que nous devons nous

sentir chez nous, ajoute une voix derrière le dos de Léontine

— Tout à fait… Oh, Alice, que fais-tu ici… ?

— Toi aussi tu as décodé le message dans l'annonce de lessive ? Si je savais qu'un tel lieu existait ! C'est encore mieux qu'au Lion d'argent.

— C'est dire ! grommelle Léontine.

— En effet. Ça fait longtemps !

Alice et elle ne se sont pas recroisées depuis la soirée au cinéma. Elle est ravie de la voir et ne peut s'empêcher de la prendre dans ses bras. Mais Alice se fige. Lui reproche-t-elle quelque chose ?

— Tu me présentes ?

— Oui, eh bien, Antoinette, Edith et Ivna, membres des Papillons Noirs.

— Ivna ! Comment vas-tu ?

— Vous vous connaissez ?

— Nous logeons dans le même immeuble.

Ivna se lève, retrouvant un peu son sourire.

— Cette charmante demoiselle m'a aidée à retrouver ma fille enlevée par ce rustre de poète. Voilà pourquoi nous n'avons pas besoin des hommes, toujours à nous voler, nous reprocher des choses.

— Ivna, je suis heureuse que toi et ta fille alliez bien.

— Tu as eu ton badge ?

Antoinette tend à Alice un minuscule papillon noir brodé, cousu sur une épingle à nourrice.

— Merci. Il y a quelques jours encore, j'aurais été d'accord avec toi, Léontine, que les hommes peuvent comprendre, mais aujourd'hui…

— Que s'est-il passé ? C'est Louis ?

Alice hoche la tête.

— Je t'expliquerai.

— Il faut prouver que nous sommes comme les hommes, que nous valons la même chose, s'enflamme une femme derrière elles, s'intégrant à la conversation.

— Mais comment faire sans violence ?

— C'est vous qui avez causé tous ces dégâts à l'extérieur ? demande Alice à l'oreille de Léontine.

— Eh bien…

— Dis-moi ! Tu sais, si je suis assez distante c'est que… je vous ai vues avec Emma l'autre nuit, près du pont bleu.

Oh ! Alice a dû se sentir en retrait. Elle était au courant pour ses actions militantes, mais pas pour les Papillons, et encore moins du fait qu'Emma les avait rejointes.

Elles s'assoient près de la bibliothèque. Léontine replace une de ses mèches tombantes derrière son oreille et lui raconte tout.

Aujourd'hui, chaque femme est un Papillon. Léontine est un peu jalouse de cette idée, c'était son combat secret. Mais n'est-ce pas le but des Papillons ? Que cette cause devienne universelle ? Alice a raison, il faut rendre Paris aux femmes. Mais comment ?

— Et toi, raconte-moi, Louis...

— Oh, eh bien, je suis allée chez lui et... une autre femme se trouvait dans son salon. Il ne m'a pas laissée entrer. Depuis, je n'ai aucune nouvelle. Je me suis sentie bien seule.

— Et nous qui te cachions des choses. Je suis désolée.

— Ne t'en fais pas, je suis fière de vous.

— Il y a sûrement une explication pour Louis. Va le voir !

— C'est toi qui me conseilles d'aller voir un homme maintenant ?

Léontine hausse les épaules.

— J'ai un bon pressentiment avec Louis. Un homme qui fait d'aussi bons cafés ne peut pas être mauvais.

Conversation téléphonique enregistrée
10 décembre 20 h 35
Ligne 232 à ligne 123

Monsieur le Ministre : … peur d'une émeute. Elles portent toutes un papillon en signe de ralliement : je crains un engouement important de la population à leur sujet.

Rodolphe : Ne craignez rien, nous sommes sur le coup.

M : Ça n'avance pas beaucoup.

R : Elles sont rusées, mais pas méchantes, elles semblent vouloir faire passer un message.

M : Et ce fameux livre relié du Cardinal, qui valait 20 000 francs ?

R : Il semble qu'il ait été écrit par une femme, mais qu'elle n'apparaît pas sur la couverture…

M : Et alors ?

R : Ça pourrait justifier ce méfait, mais ça n'excuse en rien que la porte d'entrée ait été dégradée.

M : En effet, en janvier, je veux que tout ça soit réglé.

R : Bien monsieur.

24

Dans un déferlement de neige fondue et de frous-frous de tissu, Alice entre avec détermination dans le Café de l'Après. Elle époussette son manteau et referme son parapluie, devenu blanc.

Le café est bondé, la musique de Gershwin résonne et la cheminée réchauffe les clients attablés devant leur boisson chaude. Louis est occupé, s'appuyant sur sa canne au pommeau argenté d'une main, portant un lourd plateau de l'autre.

— Attends-moi là-haut, l'avise-t-il avant de lui déposer un baiser sur la joue.

Comme si de rien n'était. Quelque peu déboussolée, et ravalant son sermon, Alice monte au premier étage. Chez Louis, c'est toujours aussi chaleureux, le sol est jonché d'exemplaires du *Paris qui jazz* et les murs décorés de peintures classiques ; une douce odeur mentholée se répand dans l'espace. Et personne sur le canapé. Alice se déshabille, se penche à la fenêtre. Les rues sont désertes. Par ce froid. Elle fait les cent pas, regarde, admire. Elle n'a jamais été seule ici, c'est un peu comme si elle se faufilait à l'intérieur d'un jardin secret.

Derrière l'unique fauteuil, elle découvre trois grands cartons semi-ouverts, comme si Louis avait été interrompu avant qu'il ait pu les ranger. Elle y jette un coup d'œil. Ce sont d'abord des figurines de laine qu'elle sort. Un garçon, une fille, reliés au niveau des mains par un fil. Elle sourit. Elle se souvient de ces gris-gris que l'on cousait pour porter chance à ceux partis au front et que les courageux arboraient autour du cou. On les voyait partout il y a quelques années. Puis, on s'est lassé. Les jugeant symboles de malheur. Comme les croyances et superstitions tournent vite !

Puis, elle se rend compte qu'à part ce jouet d'enfant, le carton est plein de lettres et de vieilles photographies. Elle en sort quelques-unes. Sur l'une d'elles, Louis est souriant, accompagné de personnes qu'Alice ne connaît pas. D'ailleurs, elle n'a jamais rencontré son entourage. Ni ami ni famille. Alors qu'il connaît ses amies depuis longtemps.

Sur une des photos, Louis porte un fusil trop grand pour lui dans les mains, il se tient bien campé sur ses deux jambes. Sur une autre, il est en tenue de soldat, tenant par les épaules deux gamins comme lui. Leur mine d'enfant est défaite mais ils semblent unis par des liens d'amitié indéfectibles. La photo est estampillée : 1917.

— Tu es là ?

Alice sursaute, comme interrompue dans un moment gênant.

— Excuse-moi, je regardais ces photos.

Louis s'assoit par terre à ses côtés.

— J'ai laissé Marco fermer le café. Alors, qu'as-tu trouvé de beau ?

Louis se penche pour fouiller à son tour le carton. Certaines photographies lui déclenchent un gloussement. Mais elles sont peu nombreuses. La plupart le replonge des années en arrière et ses yeux se mouillent devant ces souvenirs.

— Là sur la photo, avec moi, c'est Blaise, un ami. Un sacré menteur, il en racontait des conneries, des histoires, mais ça animait nos soirées, raconte-t-il.

Alice n'ose rien répondre. Elle imagine la froideur des nuits, un fusil planqué sous le bras, à attendre un lendemain qui s'avèrerait dix fois pire que la veille.

— Oh celle-ci, regarde.

On y voit quatre jeunes hommes fringants devant une tente en toile jaunie. Louis est tout à gauche. Il porte une veste militaire, a une grande mèche noire gominée par la laque, repliée sur son front. Il prend la pose, hilare. La photographie est de travers, comme si le photographe s'était penché pour déclencher l'obturateur.

— C'était juste avant le combat. Une heure avant l'appel au renfort. Si on avait su… Ce qui est comique, c'est que c'est un appareil photo qui m'a sauvé, à ce moment-là. Gérard, le photographe, n'était pas très apprécié. Faut dire qu'ils étaient tous bancals ses clichés.

Alice pose une main sur celle de Louis. La chaleur de sa paume l'inonde. Elle voudrait le prendre dans ses bras, le réconforter, mais elle sent que ce n'est pas le moment. Il déglutit. Il a tant de choses à dire.

— Quand les gars du régiment ont appris que je cachais un appareil photo dans ma musette, c'était ma passion, on m'a chargé de prendre les photos des troupes. Gérard avait alors changé d'unité. J'étais fier de troquer mon uniforme pour un autre, d'être la mémoire des opérations. Celui qui se souviendrait de tout. J'avais tort. Ce jour-là, mon unité fut abattue alors que j'étais resté au camp pour développer mes photos. J'ai été sauvé grâce à un foutu appareil photographique, je les avais abandonnés.

— Non, ne dis pas ça, tu n'y es pour rien, c'est cette fichue guerre.

— D'un côté, j'étais soulagé, de ne pas être mort, tu vois, mais d'un autre côté, mes camarades ne méritaient pas ça. Foutu destin... On n'était pas préparés, même si on sait que ça peut arriver à n'importe quel moment, tu n'es jamais préparé à mourir. Le plus dur, ça a été de continuer à tuer après ça, des gars de ton âge, des gamins qui ont trois poils sur le menton et qui tremblent des pattes. Mais tu dois les tuer parce qu'ils sont de l'autre côté du mur. Car je combattais quand même, même si j'étais beaucoup plus en arrière.

— Oh, Louis !

Alice se penche vers lui. Sa main vient frôler son cou, puis sa joue. Il lui attrape les mains et les serre fort comme pour lui prendre un peu de son énergie. Puis, front contre front, lèvres contre lèvres.

Enfin, ils reprennent haleine. Louis se détache et fixe le carton.

— Après tout ça, je me suis dit que la seule chose dont j'avais envie, c'est de boire une boisson bien chaude et amère.

— Alors tu as ouvert un café en rentrant ?

— Oui, j'ai eu une pension de mutilé, qui m'a servie à acheter l'établissement.

— Dû à ta jambe ?

— Oui, veux-tu connaître son histoire ?

— Je ne t'oblige à rien.

Il lui jette un regard, perplexe.

— Bon allez raconte-moi, implore Alice.

— Ah, je me disais ! Je me demandais d'ailleurs quand tu allais faire ta curieuse.

— J'attendais que ce soit le bon moment pour toi.

Il soupire. Ferme les yeux pour s'imprégner du passé.

— C'était un 22 décembre. Je me souviens du froid, des dents qui claquent et de nos épaules recouvertes par la laine mince de notre unique pull déchiqueté. De Blaise et de ses chansons grivoises pour oublier les doigts bleus des camarades. Du bruit des bombes, aussi, sur le front est. Le seul endroit où la trêve n'avait pas lieu. De mon appareil photo tombé en rade, de l'ennui en attendant les combats. Tu t'rends compte ? On était si désœuvrés qu'on en venait à attendre les combats. C'était la trêve de Noël. J'avais reçu une lettre de ma mère m'annonçant le décès de mon père sur un autre front. On a vu plus réjouissant comme Noël. Pourtant, l'espoir d'une victoire était dans toutes nos têtes. On avait même bricolé un sapin avec des bouts de bois. Et puis les camarades ont eu une idée, se rendre de l'autre côté des tranchées. Les boches nous avaient échangé des cigarettes et de la nourriture. Blaise, Charles et moi voulions faire la même chose. On a traversé en pleine nuit. Quelle idiotie.

— Ils vous ont attaqués ?

— Non, ils respectaient trop Noël pour cela. Ils avaient des familles, de l'amour aussi. Mais ils avaient laissé des traces sur le champ de bataille. On courait, ivres de liberté, sans armes. Et Charles est tombé dans un trou. Et il ne pouvait plus bouger, car s'il le faisait, il savait ce qui arriverait. On l'a entendu nous appeler, j'ai fait demi-tour. Il fallait que je le sorte de là. Son pied était pile dessus, enfoui sous des gravats, mais bien visible.

— Une mine ?

— Oui. J'suis pas un bon technicien, la seule chose que je sais faire c'est courir. Vite. Enfin, que je savais faire. Fallait pas trop que je tarde. Alors j'ai attrapé le bras de mon ami, compté jusqu'à trois, et l'ai hissé hors du trou. Je me souviens du sifflement, du grésillement de l'explosion et sa chaleur puis du craquement de la jambe. Ma jambe. Du bruit en fait, pas vraiment de la douleur. Celle-là, je l'ai sentie après, une fois revenu dans la crevasse, celle qui nous abritait. Je me suis effondré sur le sol en roulant, puis me suis relevé à la force de mes bras en tirant mon ami. Ne pas l'abandonner. Lui aussi était blessé. Mais finalement, on est arrivé de l'autre côté assez rapidement.

— Chez les Allemands ?

— Voilà. Ils nous ont vus tout amochés, ils nous ont porté secours, bandages, sauvetage et compagnie. Tu aurais vu, une vraie entente de trêve. Certains, ayant senti l'explosion, ont cru à un arsenal de notre part, c'était la débandade à ce moment-là. Ma jambe était bien impactée. Noire de cendres. On a dû m'amputer.

Louis s'arrête de parler. Les yeux dans le vague. Alice se serre contre lui.

— Et après ? demande-t-elle dans un murmure.

— Chacun est retourné dans son camp, si je puis dire. Avec ma jambe en moins, je ne pouvais plus combattre, je suis devenu photographe de l'arrière à temps plein. La guerre finie, j'ai ouvert ce café.

— Tu as conservé ton rêve.

— Je voulais un endroit où tous se réunissent. Un endroit chaleureux avec de la bonne musique, des éclats de voix, de l'amitié. Et regarde, je t'y ai rencontrée.

Sourire contre sourire.

— Et Blaise, et Charles ? S'en sont-ils sortis ?

La mine de Louis redevient triste.

— Charles a été écarté lui aussi, exempté de combats, la hanche cassée et le bras en moins. Blaise, je ne l'ai pas revu depuis la fin de la guerre. Il venait de la Somme, il avait un fils. Il lui a écrit des chansons pendant nos longues journées. Un artiste.

— Tu pourrais essayer de le revoir. Ce n'est pas si loin.

— Tu m'accompagneras ?

— Bien sûr.

Louis sourit avec nostalgie mais regarde l'avenir.

— Dis-moi Louis, je voulais savoir, l'autre soir…

— Oui, tu te demandes qui était ici avec moi ?

— Ah, donc je ne suis pas folle, il y avait bien quelqu'un !

— Oui.

— Tu sais je comprends que tu ne veuilles pas tout me révéler, mais j'ai besoin de savoir si tu as une maîtresse ou…

— Une maîtresse ? Alice, pour qui me prends-tu ? Jamais je ne pourrais voir quelqu'un d'autre que toi.

Il la regarde droit dans les yeux. Ça crépite dans son cœur, mais elle veut savoir toute la vérité avant de sauter de joie à l'intérieur.

— C'était Mia, dirigeante des plus grands cabarets privés de Paris. L'un d'entre eux t'est particulièrement familier. Tu vois duquel je parle ?

— Non, le… La Grande Mia, la femme que toutes les femmes admirent est celle qui a ouvert le Lion d'argent ?

— En effet.

Alice tressaute d'excitation.

— Toutes les femmes envient son aplomb de diriger de tels établissements. De faire des affaires dans un monde d'hommes. Mais comment la connais-tu ?

— Décidément, c'est le soir des confidences. Eh bien, lorsque je suis revenu à Paris après la guerre, je me suis rendu chez moi, là où, je l'espérais, ma mère m'attendait. Je n'ai trouvé qu'une maison pillée, sans plus âme qui vive.

— Où était ta mère ?

— Je l'ignore toujours. Je me suis effondré dans le salon, et j'ai pleuré toutes les larmes de mon corps. C'est là que Mia est arrivée. Elle m'a pris sous son aile. Je crois que j'étais un peu l'enfant qu'elle n'a jamais eu. J'ai dormi pendant deux jours consécutifs, au Lion d'argent, sous les combles. Puis, j'ai décidé de faire de ma vie un rêve. J'ai retroussé mes manches, et acheté cet immeuble. Elle m'a toujours soutenu, et aujourd'hui, je peux aller et venir comme je veux dans son cabaret. Le soir où tu es passée, elle avait besoin de moi, un règlement de compte, je devais lui rendre la pareille en l'hébergeant. Hier également, j'ai fermé plus tôt pour l'aider.

Alice en perd les mots. Ceux de Louis gouttent sur

elle à mesure qu'elle les avale et les digère. Un trop plein d'émotions qui s'empare d'elle à son tour. Elle lui serre la main. Bien fort. Pour lui prouver qu'elle est là, qu'elle comprend tout ce qu'il a traversé, qu'elle l'admire.

Louis fouille de plus belle dans le carton. Tout au fond, un harmonica rouillé. Il souffle dedans et un son aigu en sort.

— Tu en joues ? demande timidement Alice.

— Diable, non ! Ça me rappelle une autre histoire. Blaise a eu l'idée, deux mois avant l'armistice, d'organiser un grand spectacle, pour fêter la victoire à venir, il en était certain, et pour égayer les troupes. On s'est mis à courir partout, moi je boitais, mais ça revenait au même, on voulait que ce soit parfait. Il y avait Herbert qui chantait comme un baryton, Georges qui connaissait le solfège et Isaac qui jouait de l'harmonica. Sa femme lui avait envoyé l'instrument, calfeutré dans une chaussette épaisse. On avait organisé une véritable représentation. On a chanté *frou-frou* de Panis Lucile et *Ah ! C'est la guerre*. Heureux qu'il y ait eu les chansons, la musique. Elles égayaient nos nuits froides et nos journées tristes. On se sentait encore vivant, encore des hommes. Ça nous raccrochait à un quotidien, tu vois. Celui que nous n'avions plus. Mais le jour d'après, Isaac a été tué. J'ai gardé son harmonica en souvenir.

— Oh.

— Mais c'est du passé. Je préfère regarder vers l'avant aujourd'hui. Vers l'avenir. Avec toi ?

— Oui… Que veux-tu dire ?

— Excuse-moi, je n'ai rien préparé mais je crois que les mots sont plus importants que la forme : veux-tu m'épouser ?

— Oh, Louis. Bien évidemment. Oui, je le veux !

Alice lui saute dans les bras, et il entoure sa taille de ses mains.

— Attends, ne bouge pas.

— Où veux-tu que j'aille ? glousse Alice.

Louis s'empresse d'aller chercher une petite boîte cachée au fond du tiroir de l'écritoire. Lorsqu'il revient avec, les yeux d'Alice s'arrondissent.

— Tu avais tout prévu ?

— Je ne pouvais pas savoir que tu dirais oui.

La boîte s'ouvre sur une jolie bague sertie de pierres et de perles.

— Oh Louis, ça me fait plaisir, mais elle a dû coûter si cher…

— J'ai gagné le prix d'un concours de photographie il n'y a pas longtemps. Ne t'en fais pas pour l'argent.

Alice pousse un cri de joie et enfile la bague à son doigt. Louis émet un petit rire et ses lèvres se rapprochent des siennes. Rose poudré et vermeille. Sa main se place sur sa joue, et lui effleure sa peau blanche. Une mèche blonde tombe entre eux deux et forme une barrière, vite repoussée d'un geste de Louis. Délicatement, il bascule Alice en arrière, qui se retrouve allongée sur les photos. Ils s'embrassent tendrement jusqu'à ce que la nuit tombe. Emportant leurs rires, leurs soupirs et leurs souvenirs avec elle.

Lorsqu'elle se réveille, Alice ne met qu'une seconde à se rappeler la nuit dernière. Elle va se marier avec Louis ! Elle est ravie. Il faut absolument qu'elle en parle à Emma et Léontine ! Et puis elle hésite, que dira Léon lorsqu'elle apprendra qu'elle est fiancée ? Cela ne va-t-il pas à l'encontre du droit des femmes ? Peut-elle accepter la compagnie d'un homme sans pour autant rejeter ses pairs ? Louis n'est pas comme les autres. Elle en est certaine. Elle a une pensée pour sa mère également, tout là-haut. Elle aurait été heureuse.

Louis grogne dans son demi-sommeil. Elle observe sa peau laiteuse et son grain de beauté sur la joue. Et puis soudain, dans l'euphorie du moment sans doute, et la conversation intime qu'ils ont eue la veille, peut-être, elle a une idée. Une idée pour changer le destin des femmes. Une autre raison de voir Léontine. Les souvenirs de sa mère qui a vécu des moments difficiles la pousse à vivre avec intensité.

— Louis, réveille-toi !

— Que se passe-t-il ?

Il émerge de son sommeil, les yeux à demi clos, les cheveux en bataille. La couverture descend sur ses hanches alors qu'il s'appuie sur ses coudes pour se surélever.

— Je devais te parler de quelque chose hier soir mais je n'ai pas eu le temps, et puis, depuis, j'ai eu une idée.

— Je t'écoute.

— Tu ne vas pas aimer… Mais si nous devons nous marier, il faut que tu saches.

Elle lui parle de l'action menée par les filles, des Papillons Noirs, de leur besoin de prouver que les femmes valent plus que ce que la société montre d'elles.

— Tu y prends part toi aussi ?

— Pas encore, mais pourquoi pas…

Alice fait mine de réfléchir tandis que Louis lui effleure la joue.

— C'est trop dangereux, Alice. J'admire ta ténacité, mais c'est anticonstitutionnel. Je comprends pourquoi tu fais cela. Pour refuser de te soumettre à quelqu'un, garder l'estime de toi, mais tu deviens une hors-la-loi en volant des hommes, en intervenant en public contre le pouvoir en place. Est-ce vraiment ce que tu veux être ?

— Qu'est-ce que la liberté si nous ne pouvons dire non ? Si nous acceptons que des hommes s'en prennent à des femmes qui marchent dans les rues ? Si je dois être une hors-la-loi, je le serai avec panache. Je finirai en apothéose.

Louis a l'air parfaitement éveillé maintenant. Il se met en position assise, les jambes en tailleur, les bras repliés. Sa première réaction est d'être sur la défensive.

— C'est ton histoire de spectacle, que tu m'as racontée hier, qui m'a inspirée, continue Alice. Et si justement on faisait ça ? Nous, les femmes. Si on montait un spectacle, pour tout changer sur la vision des femmes ?

— Je ne sais pas Alice, je trouve que ton idée a du sens mais j'ai peur qu'il t'arrive quelque chose. La police recherche activement les membres de ce « gang ». Ce spectacle vous rendrait visible, à leur merci.

— Je sais que tu ne comprends pas, que tu ne veux pas, mais Louis, s'il te plaît, j'ai juste besoin que tu me soutiennes.

— Évidemment que je te soutiens. Je vais t'aider à monter ce spectacle si c'est ce que tu veux. Je te fais simplement part de mon appréhension.

— Elle est légitime. Tu sais, mes amies se battent depuis des mois contre l'oppression masculine, j'ai besoin d'y prendre part à ma façon.

— D'accord.

Et il dépose un baiser doux sur sa joue, en signe de rédemption. Un baiser sec et léger, comme une promesse.

25

Tresser ses cheveux ébouriffés représentait pour Emma un supplice ce matin-là. Elle avait mal dormi, ses épaules étaient douloureuses, elle repensait à sa rencontre avec Edmond, la veille. Elle avait senti son parfum en rentrant chez elle, un œil discret en arrière, elle avait aperçu ses souliers marrons de l'autre côté de la rue. Heureusement, le métro n'était pas loin. Elle avait accéléré le pas, mais il avait eu un regard glaçant, coulant sur elle avec autorité. Elle n'ose pas en parler à ses amies, mais elle a l'impression qu'il la suit. C'est déjà la troisième fois qu'elle fuit à sa vue. Une fois au Louvre, hier dans la rue, et puis juste avant le grand rassemblement et l'action « boîte aux lettres », il était là, dans son sillage. Comme une ombre. Elle en tremble encore. Glissant ses doigts entre deux mèches pour rendre sa coiffure plus acceptable, Emma se lève de son lit à l'édredon bleuté, tire les rideaux et observe la cour du Louvre depuis sa fenêtre. L'instant d'après, on frappe à la porte de sa chambre :

— C'est pour vous, dit un petit garçon alerte d'à peine dix ans en lui tendant une lettre.

Une lettre pour elle ? Provenant des filles ? Non, l'écriture sur l'enveloppe n'est pas identifiable, légère et baveuse.

— Merci.

Le garçon s'efface et Emma a le cœur qui s'emballe en la décachetant. Elle découvre un petit mot griffonné : ***Elvin Rose.***

Emma comprend tout de suite qu'il s'agit d'un nom sur la liste des victimes des Papillons Noirs. Sa mission personnelle. Ses sourcils se rejoignent, interrogatifs. Ce nom lui dit quelque chose. Elle trifouille dans sa mémoire. *Rose.* Le seul endroit où elle trouvera les informations qu'elle cherche est la bibliothèque où elle est bénévole. Bien que le temps qu'elle concède à cette activité se réduit à peau de chagrin en ce moment.

Quittant son pyjama de flanelle, sautant dans une robe froissée, elle rejoint la venelle au coin de la rue, emprunte un autobus, et trottine jusqu'à la rue Fessard à une vingtaine de minutes d'ici.

Et dire qu'il y a quelques mois elle n'aurait pas envisagé de faire des choses par elle-même, d'enquêter au risque de se faire surprendre. Comme elle a changé. Elle se sent libérée, enfin elle-même.

— Tu devais venir aider, aujourd'hui ? s'étonne Huguette en la voyant arriver, essoufflée.

— Non, je… viens me documenter, bredouille la nouvelle venue.

— Tu es au bon endroit ! Je te laisse alors.

Emma retrouve rapidement ses marques dans les archives et les ouvrages empilés de la bibliothèque mal éclairée. Tout en fouillant, elle s'imagine constituer ici une bibliothèque féministe, destinée à retracer la lutte des femmes avec des ouvrages qui les mentionnent. On y parlerait des Papillons ! Ce serait merveilleux.

— La famille Rose, lit-elle au détour d'un journal qu'elle avait déjà feuilleté il y a quelques semaines.

Dans un classeur perforé s'amoncellent des articles, billets et brochures faisant mention de cette famille franco-allemande d'industriels que la guerre a ruinée. Huguette a dû les regrouper ici à la suite de l'affaire du diamant volé lors d'enchères luxueuses. Emma s'interroge : si les Papillons veulent qu'elle s'en prenne à cet Elvin, c'est qu'il a mal agi envers les femmes. Appuyée sur ses coudes, elle laisse défiler les mots sous ses yeux pour comprendre en quoi.

Elvin est le fils aîné de la famille. D'après les chroniques mondaines, il a payé une jeune intrigante, Hélène Delamare, en diamants, pour qu'elle accepte de l'épouser. Celle-ci était fiancée à un jeune homme avec qui elle semblait filer le parfait amour, mais l'union des familles Rose et Delamare se fit dans son dos, malgré elle. Hélène tenta de se défendre mais elle n'obtint pas gain de cause.

Un mariage forcé ! Quel choc de l'apprendre. Emma se mord l'intérieur des joues. Était-elle heureuse en ménage ? Elle en doute vu la photo du mariage en août dernier : Elvin a le bras serré autour de sa taille, Hélène garde le nez baissé.

Ainsi, le premier diamant a été vendu aux enchères il y a quelques semaines, sûrement pour éponger les dettes du mariage grandiloquent, alors que la famille Rose n'avait plus de fortune.

Emma se remémore alors le mot trouvé dans le livre d'astronomie. Les initiales E et A correspondent sans doute à Edith et Antoinette, deux Papillons Noirs qu'elle a eu la chance de rencontrer depuis. Le mot disait :

Cher agent E,
Tout est prêt pour la vente aux enchères de ce soir.
Le diamant est pour nous. Pense à ce qu'on fera
avec son éclat. Enfin, nous rayonnerons.
Et ils s'en mordront les doigts.
Rejoins-moi à l'entrée, A.

Ainsi, les Papillons Noirs ont rétabli l'ordre des choses. Et le deuxième diamant mentionné par cet article ? Lors d'un gala, Hélène aurait présenté deux diamants bleus de taille égale. Emma se penche sur la photo et observe au poignet du jeune homme une montre scintillante et sans aucun doute onéreuse. Le diamant a-t-il servi de matière au bracelet ?

— Ne me dis pas que tu vas aller voir la police sans moi ?

Emma tressaille. Huguette est inclinée vers elle, méfiante, les yeux plissés.

— La police ? Pourquoi ?

— Pour cette preuve manuscrite qu'ont laissé les coupables du vol de diamant, voyons. J'ai gardé le mot bien au chaud, et je te vois fouiller dans les journaux relatifs à cette enquête. Toi aussi tu penses que ce sont ces femmes, n'est-ce pas ? Ces Papillons ?

— Oh non, je… me documente, c'est tout. Je ne crois pas que ce papier prouve quoi que ce soit.

Huguette rejette les épaules en arrière, soupçonneuse. Ce n'est pas une tendre, mais elle affectionne particulièrement la jeune femme et lui fait confiance.

— Bah, tu as raison, je me mêle de ce qui ne me regarde pas, fait-elle en repoussant l'air avec sa main comme pour effacer ses propos.

— Je trouve ce couple fascinant, ment Emma avec une facilité déconcertante.

Le sourire d'Huguette s'élargit. C'est également une bibliothécaire avide de commérages.

— Pour ce que ça vaut, j'ai une information d'un lecteur de romans à l'eau de rose de première fraîcheur : le couple Rose sera au Cabaret du Luxembourg ce soir. Pour un traité d'affaires. Si tu veux être aux premières loges.

— Oh, merci Huguette.

Emma est ravie. Ce cabaret, c'est celui où travaille Léontine. Elle n'a plus qu'à s'y rendre en invitant Alice au passage. Accompagnée de ses deux amies, elle craindra moins pour son premier gros coup. Car elle sait ce qu'il lui reste à faire : voler cette montre. Les Papillons détiendront alors les deux diamants.

La nuit tombe vite en décembre. Mais les lumières de la salle de spectacle parviennent à éblouir le moindre passant. Léontine est dans les vestiaires, à ranger par taille et couleur les pardessus et chapeaux en feutre des messieurs.

— Ça va le faire, tu passeras totalement inaperçue, ne t'en fais pas.

Elle tente de rassurer Emma qui tremble comme une feuille.

— Tu te rends compte, je risque d'être emprisonnée...

— Mais non, c'est pour la bonne cause, pour ces femmes, tu y penses... Montrer aux hommes qu'ils ne peuvent pas s'approprier nos corps, nos idées, nos droits sans qu'on se défende. Que ce soit dans la rue, au travail, ou la nuit en tant que Papillon, ce qui compte c'est d'oser être là !

La diatribe de Léontine résonne dans le corridor.

— Chut ! Tu vas nous faire repérer, s'inquiète Emma.

— Mais tu n'es pas d'accord ?

— Si, bien sûr !

— Ahhh !

Léontine attire son amie vers elle et l'étreint affectueusement.

— Les filles !

Alice vient d'entrer, pétillante à souhait, et la conversation se tarit d'elle-même.

— J'ai quelque chose à vous annoncer, déclare la jolie blonde. J'ai peur de votre réaction.

— Nous sommes tes amies, nous te soutiendrons toujours, répond Léontine.

— Alors voilà, autant ne pas créer de suspense : je vais me marier.

Et la voici qui lève la main, révélant un joli anneau scintillant dans la lumière tamisée du hall d'entrée.

— Oh !

— Alice, c'est fantastique. Louis s'est excusé, alors ?

— Je me suis inquiétée pour rien. Tout va pour le mieux entre nous. J'ai craint que tu ne rejettes l'institution du mariage Léon, et toi Emma, avec ta mauvaise expérience je…

— Alice, ton mariage ne sera pas le même que le mien, je te souhaite beaucoup de bonheur.

Les trois amies s'enlacent comme elles le peuvent, se contorsionnant au-dessus du comptoir du vestiaire.

— Amusez-vous bien ce soir, grogne Léontine.

— Tu es certaine que tu ne peux pas t'échapper de ces vestiaires quelques minutes ? la supplie Emma.

— Em', c'est son travail, mais plus pour très longtemps d'ailleurs… Félicitations Léon, Alfred m'a dit que tu avais dégoté un boulot à vie.

— Oui ! Ce ne fut pas simple. Si j'avais su que j'écrirais sur la mode !

— Et sur les femmes, n'oublie pas ça ! Allons boire un verre, et nous trinquerons à toi Léon, et à moi aussi, rit joyeusement Alice.

Léontine octroie un clin d'œil à ses amies qui disparaissent dans la salle imperceptible, tandis qu'un nouveau manteau en poil de chameau échoue sur son comptoir.

La salle du cabaret est parsemée de petites tables rondes sur lesquelles on peut boire et manger, et de la scène s'échappent des jeux de jambes, des tissus flottants et de la musique rythmée.

— C'est fantastique ! s'exclame Alice en allant commander une boisson parfumée. Oh j'aperçois Denise. Je reviens !

Une fois seule, Emma jette des yeux effarés autour d'elle mais se ressaisit. *Passer inaperçue.*

C'est alors qu'elle les remarque. Le couple Rose. Ils brillent par leurs vêtements et leur port de tête élégant mais Hélène semble effacée, la mine triste sous ses longs cheveux bruns. Elvin, ses yeux disparaissant sous un haut-de-forme vertigineux la tire par le bras et elle s'efforce de suivre comme elle peut. Il porte la montre autour du poignet. Emma s'approche discrètement, faisant mine de fixer la scène du cabaret mais laissant traîner ses oreilles.

— Je peux venir avec toi ? minaude Hélène.

— J'ai rendez-vous pour affaires, tu vas t'ennuyer, ce n'est pas pour toi. Prends un siège et attends-moi ici.

Le ton de son mari est sec, infantilisant.

— Je peux commander à manger ?

— Ce que tu veux, mon ange.

Elvin part aussitôt avec deux hommes à la carrure imposante dans un coin de la pièce épargné par les lumières vives, alors qu'Hélène reste seule. Emma serre les poings et fait un pas vers elle. Puis recule, craintive. Son cerveau bouillonne. Comment va-t-elle voler cette montre ? Comment les Papillons Noirs font-elles ? Elle décide de se rapprocher de l'épouse en un jeu théâtral dont elle a peu l'habitude :

— Ah, ces hommes ! s'étonne-t-elle en se pâmant dans le fauteuil en velours à quelques centimètres de la jeune Hélène. Toujours à nous laisser à l'écart.

Cette dernière se retourne et laisse glisser son doigt sur la table entre elles.

— Comme si leurs affaires étaient plus importantes que les nôtres ! s'amuse la jeune Hélène dans un sourire attristé.

— Vous les connaissez ? demande Emma dans un ton qu'elle espère neutre.

— Vous parlez de ces voyous des quartiers est ? Toujours à rôder près de notre demeure. Quant à l'homme à moustache et chapeau, c'est mon fanfaron de mari. Il espère en tirer quelque fortune, il perd son temps si vous voulez tout savoir.

— Vous le discréditez ainsi ?

Hélène se penche en avant laissant entrevoir deux grains de beauté sous les yeux.

— Je n'ai jamais voulu me marier, confesse-t-elle.

— Oh !

— Ne faites pas mine de ne rien savoir, je vous vois nous espionner depuis tout à l'heure.

Hélène a haussé les sourcils mais ses yeux sont rieurs. Emma pâlit. Elle est si mauvaise comédienne ? Léontine se moquerait d'elle.

— Je m'interrogeais, reconnaît-elle.

— À quel propos ? Deux omelettes, monsieur le serveur, en profite Hélène pour le héler de vive voix. Il paraît qu'ils en font une des meilleures de Paris, c'est moi qui ai insisté pour venir ici. Le guide Michelin ne se trompe jamais sur les bonnes tables. Partagez le repas avec moi !

Emma jette un œil à Alice qui est occupée à discuter avec une dame à la mise élégante au bar. Celle-ci accepte donc de rejoindre le coin de table de la belle Hélène. L'une dans le fauteuil, l'autre sur une chaise grinçante au coussin rembourré.

— Alors ? Soyez franche, on se doit bien ça entre dames.

— Très bien.

Emma tripote un fil évadé du bas de sa jupe et expire un peu d'air.

— J'ai suivi l'affaire de votre mariage dans les journaux. Vous ne deviez pas épouser cet Elvin.

— En effet, mon père s'est laissé berner par des pierres précieuses. L'avis de sa fille chérie n'était soudainement plus si important. Oh, mais ne vous en faites pas, Elvin est si obnubilé par l'appât du gain qu'il me laisse relativement tranquille. Je peux fuguer le soir et retrouver mon amant.

La bouche d'Emma s'ouvre en grand, dans une posture d'hébétement.

— Ne soyez pas si choquée.

— Je vous pensais malheureuse.

La belle éclate de rire.

— Il faut bien trouver une échappatoire à notre malheur, non ?

— J'aimerais savoir… Les diamants qui ont servi de monnaie d'échange ont été vendus ?

— Volés, nous n'en avons jamais touché le gain.

— Hormis la montre.

— La montre ?

— Celle au poignet d'Elvin.

Hélène semble réfléchir, se grattant la tête avec ses ongles rouges.

— C'est un coup monté, vous pensez ? Les diamants seraient transformés et vendus dans la plus grande discrétion pour que ma famille n'en touche rien ?

Emma, qui pensait jusque-là que les Papillons avaient vraiment volé le premier diamant, a un doute. Ce mot n'est peut-être pas signé de la main d'Antoinette mais tout simplement un leurre, comme le dit la jeune fille. Et ces hommes d'affaires seraient les acheteurs… Le « E » qu'elle pensait désigner Edith correspond aussi à Elvin.

— Pensez-vous que tout se joue sous mon nez à cet instant ?

— Je l'ignore.

— Que faites-vous vraiment ici ? lui demande la jeune fille, en la regardant droit dans les yeux. Vous dansez ?

Elle ne peut pas lui mentir, pas maintenant.

— Oh non, je… compte voler cette montre, avoue Emma, un peu perdue.

Alors qu'elle s'attend à ce que son interlocutrice rie une nouvelle fois, l'omelette est servie et les applaudissements accompagnent la fin de la danse sur scène, coupant la conversation.

— Vous allez vous faire prendre, je suis la plus à même de réaliser cette tâche, chuchote soudain Hélène.

— Que… Mais je dois agir par moi-même.

— On agit mieux avec un peu d'aide, non ? Elvin n'est qu'une canaille. Je me ferai un malin plaisir à vous assister. Il enlève sa montre quand il dort. Je peux facilement la dérober. Où dois-je la faire livrer ? Il faut agir vite, cette nuit même, s'il a déjà des acheteurs.

— Pouvez-vous la déposer à l'entrée du Louvre ? J'y travaille.

— Que c'est merveilleux. J'apprécie particulièrement la Joconde. Ce sera fait, en tout cas.

— Vraiment ?

— Faisons un pacte.

— Puis-je exiger que vous déposiez ceci à l'emplacement de la montre ?

Emma lui glisse dans la main un papillon de soie noire. Hélène cligne des yeux et referme ses doigts sur le tissu en hochant la tête. Bientôt, on entend plus à leur table que le tintement des couverts dans l'assiette.

— Quel délice cette omelette !

— Je vous l'avais dit.

En arpentant le vestibule jusqu'à sa nouvelle chambre dans le Louvre, Emma est ravie de sa journée, elle a réussi à débusquer cet Elvin et obtiendra bientôt la montre désignée. Néanmoins, elle n'a pas pu passer beaucoup de temps avec ses amies. Léontine travaillait et Alice faisait la conversation avec les habitués du cabaret et son amie Denise. Mais la couturière les a invitées toutes les deux au café le lendemain soir – non sans bafouiller, les joues empourprées – pour leur annoncer une idée pour la cause des Papillons Noirs. Et une idée grandiose. Alice abuse des hyperboles. Emma se demande de quoi il s'agit.

Au troisième étage, Emma aperçoit au détour d'un couloir une paire de souliers pointus, couleur marron. Son cœur accélère. Non pas lui, pas encore. Comment a-t-il su ? Une voix sombre, au timbre roulant, la prie d'écouter. Des ordres, encore et toujours. Elle s'arrête, revigorée par sa journée pour affronter ses démons.

26

Alice trépigne. Elle veut exposer son idée à ses deux amies : la grande opération spectacle.

Elle a toujours voulu être sous les feux de la rampe, alors autant faire d'une pierre deux coups. Quand elle était petite, sa mère et elle sortaient souvent danser dans la rue. Juste comme ça. Pour passer le temps, se sentir heureuses. Quand son père rentrait du travail, il se prêtait au jeu avec elles : danser et chanter jusqu'à épuisement. Avec son visage et ses cheveux aussi pâles, Alice a découvert les déguisements, les fanfreluches, les robes cousues main, les dentelles… Le soir dans sa chambre, elle dessinait et cousait avec la vieille machine de sa mère. Puis, elle se vêtait de sa nouvelle garde-robe et défilait devant ses parents. Elle inventait des rôles. Un jour, elle s'était fait passer pour un garçon, son père l'avait mal pris. « On ne s'habille pas en garçon ! » avait-il hurlé en claquant la porte avant de sortir. Alors Alice avait découvert les jupons pour se donner en spectacle. Elle tournait, brillait. Son rêve : danser sur scène, voir son visage sur des affiches. Mais à l'adolescence, tout s'était précipité : son père était parti au combat, sa mère avait commencé à se morfondre, à sombrer, petit à petit. Une bulle noire flottait au-dessus de sa tête, et l'esprit gris avait laissé place au cœur noir. Son mari ne reviendrait pas. Elle en était tombée malade. La souffrance était venue se nicher dans ses poumons. Sa mère s'était recroquevillée sur elle-même. Son père ne reviendrait pas. Alice avait dû travailler pour subvenir aux besoins du foyer. Quelques danses à des réceptions, mais ça ne suffisait pas. Alors elle avait trouvé un vrai emploi. Cependant, son rêve n'était jamais complètement parti, son rêve de spectacle, de grandeur. C'est avec fierté qu'elle veut l'annoncer à ses amies.

Mais rien ne se passe comme prévu.

Léontine arrive, accompagnée d'un grand homme barbu portant un insigne de police. Ce qui a de quoi effrayer.

Emma a des larmes cristallisées au coin des yeux. Ce qui n'est pas de bon augure.

Alice ravale son sourire et souffle un bon coup. Avant de parler : analyser la situation. Et agir en conséquence.

— Rodolphe, se présente l'inconnu. Des forces de l'ordre. Mais rassurez-vous, je suis là en toute amitié.

Alice est impressionnée par sa stature. Pourquoi son amie a-t-elle emmené un policier ici ?

— Il veut nous aider, la rassure Léontine.

— À quoi ? répond-elle sur un ton sec, suspicieuse.

— À prendre le pouvoir, nous les femmes.

— Un homme ? demande, incrédule, Emma.

— Les hommes peuvent être brillants quand ils le veulent, renchérit Louis, qui a pris le temps d'allumer des figures de cire dans le café et vient s'asseoir à côté de sa compagne.

Il passe son bras autour de ses épaules et accorde un signe de tête à son homologue masculin. Le lieu est désert, fermé. Seules leurs ombres sont projetées sur le mur grâce à la lumière des bougies. Alice fait danser son regard entre Léontine et Rodolphe. Celle-ci s'écarte du policier et une lueur dans les yeux la rassure. Alice comprend que Léon a ses raisons et qu'elle doit lui faire confiance. Une réelle complicité semble naître entre ces deux-là. Mais où donc ont-ils bien pu se rencontrer ?

Emma renifle. Ses amis se tournent vers elle. Elle a les yeux rouges et les mains moites, cachées dans son long manteau, personne ne s'en était aperçu.

— C'est ma faute.

— Qu'est-ce qui est ta faute ? demande Alice.

— Les arrestations. L'échec de notre opération « boîte aux lettres ».

— Mais non, la rassure Léontine. On ne peut jamais savoir avec ces saletés de flics, ils sont partout. Excuse-moi pour la généralité, dit-elle en s'adressant à Rodolphe.

— Je t'en prie.

— Je leur ai tout avoué, c'est moi, je vous dis, insiste Emma.

— Comment ?

Léontine se lève brutalement. Emma pleure de plus belle. Et explique.

— Edmond sait que je travaille au Louvre. Il m'attendait. Plusieurs fois je me suis enfuie, en ayant le sentiment d'avoir rêvé, de le voir dans mes cauchemars et dans la réalité. Avant la grande opération j'étais en place depuis une heure, il est venu, m'a interceptée, et j'ai avoué la raison de notre présence ici. Je ne suis pas assez forte. Je ne pensais pas qu'il appellerait la police. Quand j'ai vu ses yeux, je n'ai pas pu.

— Ah, je comprends mieux comment nous avons pu nous déployer ainsi, aussi rapidement, réfléchit Rodolphe en se grattant la barbe.

Les larmes d'Emma glissent le long de son visage de porcelaine.

— Hier soir, il est revenu, je n'ai pas pu m'échapper. Il m'a dit qu'il ne voulait pas divorcer, qu'il me suivrait jusqu'à ce que je capitule. J'ai dû faire des détours pour le semer aujourd'hui et qu'il ne trouve pas le café.

— Oh, Emma.

Les deux amies la prennent dans leurs bras.

— Il t'aura gâché la vie.

— Tu ne dois pas l'écouter. Il faut que tu divorces !

— Oui, j'aimerais le faire, mais j'ai besoin de sa signature, ou alors d'un motif lourd comme l'adultère, la violence…

— Ça, on l'a !

— Impossible de le prouver.

Léontine se tourne vers Rodolphe. Il acquiesce.

— Je peux inventer de fausses accusations.

Les yeux d'Emma s'illuminent.

— C'est vrai ? Ce serait… merveilleux.

— Je vous l'avais dit qu'il pourrait nous aider, annonce fièrement Léontine.

— Je trouve votre relation étrange.

Alice plisse les yeux, toujours méfiante. Elle ne supporterait pas que son amie souffre.

— Pour tout vous avouer, votre amie me fait penser à un membre de ma famille, que j'ai perdu il y a plusieurs années, avoue Rodolphe en haussant les épaules. J'ai le sentiment que je dois l'aider dans sa quête.

Léon est seule depuis tant de temps en ville qu'une figure de grand frère à ses côtés ne peut que lui apporter un appui.

— Très bien, j'attends que vous fassiez vos preuves.

— Tu ne m'avais pas dit que tes amies étaient aussi protectrices, la taquine Rodolphe.

— C'est ça, l'amitié.

Le visage empreint de sagesse, Louis intervient :

— Mais attendez, Emma, je sais que vous êtes bouleversée, mais veuillez me rappeler ce que vous avez dit exactement à votre époux ?

— Bientôt ex-époux, ajoute Léontine.

— Eh bien, j'ai décrit l'opération, et où étaient placées les filles, dans quelles maisons elles se rendaient…

— Oui, mais ta présence au sein du musée ? As-tu parlé des Papillons Noirs ? hoquette Alice.

L'atmosphère de la pièce se glace.

Emma secoue la tête vivement.

— Non je… je lui ai simplement dit qu'un groupe de femmes allait se réunir pour faire entendre leur voix, et que j'en faisais partie. Que je voulais effacer la domination masculine. Mais non, je n'ai pas parlé des Papillons. Pour qui me prenez-vous ? C'est mon unique espace de liberté.

Léontine pousse un soupir de soulagement.

— À ce que je vois, vous êtes les deux seuls hommes à connaître les modalités d'organisation des Papillons ?

Louis et Rodolphe hochent la tête. D'un même mouvement.

Motus et bouche cousue. Ils en font le serment. Mais Louis, avec son café, a les moyens de parler de la prochaine action, de faire connaître les Papillons. Discrètement. Rodolphe, par son métier, peut faire bouger les mentalités.

Si Alice avait pensé un jour que les hommes pourraient se montrer utiles. Elle pousse un petit cri de souris.

— Bon. J'ai eu une idée !

— On t'écoute. Pourquoi nous avoir fait venir ?

Léontine se penche en avant, Rodolphe allume sa cigarette et souffle un panache de fumée vers le plafond.

— Les filles, vous avez tenté d'agir par la violence et le militantisme, pour tout vous dire, ce n'est pas trop mon truc, mais je ne rejette pas du tout vos actions. Ce qui m'anime, c'est le spectacle. Alors pourquoi ne pas faire un spectacle musical avec chants, danses, théâtre…, disciplines dans lesquelles nous sommes compétentes, auquel participeraient toutes les femmes qui le veulent ? Cela marquera leur engagement.

Notre engagement. Nous ferons tourner cette œuvre sur les planches sous un faux motif, les hommes viendront y assister et nous en profiterons pour montrer ce que nous subissons quotidiennement : la violence, le mépris, l'infériorité. Nous pourrons même demander le droit de vote, ajoute-t-elle à l'attention de Léontine.

— L'idée est enthousiasmante. Mais il faut se pencher sur l'organisation.

— Bien sûr, il reste des choses à faire. Écrire une pièce ou en dégoter une, jouer, trouver des actrices, des danseuses, des chanteuses, un lieu de représentation, inviter les hommes…

— Arrête, tu me donnes mal à la tête.

— C'est une bonne idée, Alice, souffle Emma.

— Oui, je pense. Il faudra de l'humour pour faire passer le message, des chants mélodieux pour endormir le spectateur et de la danse pour ensorceler.

— Que pensez-vous d'agir rapidement ? la coupe Léontine.

— C'est-à-dire ?

— Donnons-nous une date. Pourquoi pas le 31 janvier 1923.

— Ça nous laisse très peu de temps, Léon.

— Alors que faisons-nous encore ici ? Au boulot !

Dans un mouvement solennel, les filles se séparent. Alice est heureuse, elle sait que grâce à leur agilité, leur imagination, leur envie, se dessinera petit à petit l'événement qui pourra tout changer.

JANVIER 1923

27

Les caniveaux transportent des pelures de fruits sur toute la longueur de l'arcade. Les balayeurs sont occupés à un autre coin de rue. Emma enjambe les déchets et lève la tête vers la tour Eiffel à l'horizon qui côtoie les nuages. À l'angle de la rue, un affichiste prend le soin de coller une publicité, qui, gonflée par le vent, se décolle sans cesse du mur. L'homme jure. L'affiche représente un homme en clair-obscur, de dos, et un nom : *Robin des bois* de Douglas Fairbanks, projeté au cinéma, très bientôt. Il faudra qu'elle le voie avec les filles. Ce film américain est un succès.

Emma arrive soulagée jusqu'au Louvre, personne ne semble l'avoir suivie. Pourquoi Edmond s'acharne-t-il contre elle ? Ne peut-il pas la laisser s'envoler ? Rodolphe a promis de l'empêcher de s'approcher d'elle et de favoriser le divorce. Elle pense au club de tricot et d'échecs où elle n'a pas mis les pieds depuis des mois. Que diront ses membres s'ils apprennent qu'elle désire quitter le confort de son foyer mondain pour une chambre isolée et un travail mal payé ? Au moins, elle suit son cœur. N'est-ce pas le plus important ?

C'est à ce moment-là que le ciel s'obscurcit et que des gouttes d'eau se mettent à tomber. Les passants se réfugient sous les porches tandis qu'Emma se glisse dans l'entrée du musée. Une attestation lui donne le droit d'entrer et de sortir du lieu comme bon lui semble.

— Vous aussi vous vous abritez de la pluie ?

Emma se retourne et ses yeux se plissent. Le peintre qui se tient à sa droite, au pardessus rouge clinquant ne lui rappelle pas que de bons souvenirs.

— C'est vous ! Mademoiselle, je suis ravi de vous croiser ici. J'ai tenté de vous contacter mais en vain. Ce serait un plaisir de discuter Art.

— Monsieur de la Barbansson… Je suis désolée, mais mon mari est tombé sur votre lettre et il a cru…

— Oh, veuillez accepter mes excuses pour cet acte entreprenant. Je n'ai pas pensé que cela puisse être mal interprété. Je ne vous importunerai plus.

— Merci.

Emma s'en veut. Cet homme désire simplement échanger avec elle. Et puis, elle n'a rien fait de mal, adresser la parole à un autre que son mari est autorisé, non ? Edmond s'est emporté cette fois-là et Théophile ne devrait pas payer cette véhémence.

— Attendez, le hèle-t-elle, alors qu'il avait tourné les talons.

— Oui ?

— Peut-être pourrions-nous visiter une galerie ensemble, un de ces jours ? se surprend-elle à annoncer.

L'homme soulève son chapeau.

— Avec grand plaisir. Je vous laisse me contacter quand vous serez prête.

Le sourire aux lèvres, Emma quitte le hall d'entrée pour les quartiers privés du musée. Devant sa chambre, ses bottines butent contre le paillasson qu'elle prend le temps d'examiner. Le coin droit est légèrement renflé. Elle le soulève et découvre un sachet accompagné d'un petit mot dactylographié. Emma pousse une exclamation en extrayant une montre étincelante, qu'elle reconnaît comme celle qu'Elvin portait au poignet. Ainsi, Hélène a réussi. Elle lit les caractères sur le morceau de papier :

Je l'ai récupérée. Je me suis renseignée.
C'est bien un coup monté. Justice rendue.
Je pars. Merci. H.

Ainsi, ce n'étaient pas les Papillons qui étaient à l'origine de cette histoire, au début. Mais c'est bien elle, Emma, qui a résolu l'affaire et se trouve maintenant en possession d'un trésor pour le musée des femmes.

Emma s'affale sur le lit et souffle longuement.

Pour le spectacle, elles se sont réparti les rôles. Le sien consiste à auditionner les Papillons et les militantes qui le souhaitent. Toutes celles qui veulent chanter, danser ou jouer la comédie sont les bienvenues. Elles répéteront leurs chansons dans l'annexe. La pièce sera-t-elle assez spacieuse ? Emma est pressée de participer à cette organisation. Alice a eu une bonne idée d'introduire de la fantaisie et du divertissement dans leur démarche. Ça devenait pesant avec ces arrestations, la police, les émeutes.

Elle sourit. Elle n'a jamais été aussi heureuse que de vivre pour elle-même, pour ce qu'elle ressent au plus profond d'elle : être une femme.

28

Ce matin, Léontine emprunte le métro jusqu'à son terminus. Rodolphe a dégoté une salle de spectacle qui pourrait accueillir leur représentation et il faut qu'un homme soit présent pour que le directeur les autorise à s'y présenter. Encore une injustice ! Mais en arrivant sur les lieux, Léontine pousse un cri de joie. La silhouette élancée qui se tient sur les marches porte un fichu rose délavé autour du visage.

— Victoire ! Mais… que fais-tu ici ?

— C'est à cet homme que tu devrais le demander.

Rodolphe se tient en retrait, occupé à fixer le théâtre en plissant les yeux face à la luminosité féroce du jour naissant.

— Il a réussi l'exploit de me libérer de ma cellule. Il en connaît du beau monde.

Léontine est aux anges. Rodolphe est toujours là pour la sortir des mauvais pas. C'est un peu comme son grand frère protecteur. Comme elle, il oscille entre le bien et le mal.

Tous les trois effectuent les démarches pour réserver la salle. Celle-ci est immense, rougeoyante et lumineuse, deux pianos trônent sur une scène, et surtout, c'est un théâtre dans lequel se rendent les familles les plus fortunées. Léontine espère ainsi toucher les hommes retranchés dans leurs lieux communs. Ici, les Papillons pourront mettre en scène toute leur folie.

— C'est merveilleux. On aimerait faire trois ou quatre représentations la dernière semaine de janvier.

— Ne vous emballez pas, grommelle le directeur, un type à la chevelure blanche, portant un pardessus crème qui lui donne une allure de détective privé. Je n'ai jamais entendu parler de votre pièce, vous n'avez pas de recommandation, c'est quel genre d'ailleurs ?

— Comédie dramatique, intellectuelle, la coupe Victoire alors que Léontine allait s'offusquer. Vous êtes un ami de Gaston, n'est-ce pas ?

— Oh, vous le connaissez ?

Victoire hoche la tête.

— Je vendais des soupes avec lui, rue des Mathurins en 1919. On est allés en voir des pièces tous les deux ! Il avait l'œil pour détecter le talent.

— Ça c'est bien vrai, acquiesce le directeur.

— Finalement, la vie a fait qu'on s'est séparés, j'ai fait de la dactylo, il est reparti dans le nord de la France.

— Sa patrie.

— Mais il aurait adoré la pièce que ces messieurs-dames vous proposent. Je vous assure.

Léontine retient son souffle.

— Le théâtre, c'est une façon d'être, un mode de vie… Le soir, ici, il y a foule, un ballet de Rolls ; Mistinguett est venue chanter plusieurs fois, Sacha Guitry est venu jouer. Vous êtes prêts à les concurrencer ? Je ne veux pas perdre mes spectateurs.

— Vous ne le regretterez pas, lui assure Rodolphe d'un ton qui n'autorise pas la contradiction.

— Bien. C'est bon pour moi. Pour Gaston.

— Oh, c'est vrai ?

Léontine pousse un soupir de soulagement et remercie Victoire de son intervention. Elle se sent si bien entourée. Elle est ravie de faire ce spectacle, de mobiliser les femmes qui n'ont pas de poids mais qui veulent prendre la parole. Ensemble. Plus fortes.

Il ne lui reste plus qu'à écrire une pièce digne de ce nom. Victoire va l'aider. Elle se sent prête.

29

— Gardez le rythme, en cadence !

Alice s'égosille pour modeler le spectacle, lui donner un cadre, une âme, inventer les pas de danse, les harmonies. Elle prend son travail à cœur. Elle se jette entièrement dans cette représentation qui pourrait être sa dernière si cela échoue. Mais il y a peu de risques, songe-t-elle, les hommes aiment les femmes qui se déhanchent sur scène, qui leur font oublier leur quotidien.

Le Café de l'Après a été entièrement réorganisé pour accueillir une troupe de danseurs amateurs. Alice a l'impression d'être à nouveau avec ses parents, à se déguiser et monter un spectacle. Avec toutes ces femmes autour d'elle, elle se sent comme en famille. Madame Mia est là pour l'aider. La première fois que Louis a fait les présentations, Alice a cru s'évanouir. Elle la tient en haute estime.

— Une tasse de café chaud, mesdames ?

— Oui, Louis avec plaisir !

— Un baiser dans le cou ?

— Que pour moi ! sourit Alice en levant la main.

Louis a accepté sans ciller qu'elle investisse les lieux et qu'elle se jette dans ce projet pour lequel il n'était pourtant pas partant. Il a compris combien c'était important pour elle. Pas seulement pour lutter contre les institutions mais aussi pour son épanouissement personnel. Alice le trouve formidable. Depuis, elle a emménagé à l'étage, quittant à regret le petit appartement de sa mère. Elle a envie de le prêter à Léontine, ce n'est pas le luxe mais il y fait plus chaud que dans la pension et surtout, il n'y aura pas de loyer à payer.

Quand les danseuses rentrent chez elles ce soir-là, Alice décide de sortir sa vieille machine à coudre. Elle a des idées de costumes : aériens, transcendants. L'énergie créatrice la dévore. Elle a piqué du tissu à la maison de couture – c'est pour la bonne cause – quand elle a appris son renvoi. Oui, sa collègue Solange a parlé pour le collier égyptien. Et il semblerait que d'autres pièces de couture aient disparu ces derniers temps. Pourtant, Alice n'y est pour rien. Il n'y a que le collier qu'elle a emprunté. Ou une robe, de temps en temps. Mais elle a toujours tout remis à sa place.

Son employeur n'a rien voulu entendre. Elle a dû quitter à regret la maison. En attendant, elle aide Louis au café. Et ce spectacle est l'occasion pour elle de continuer à coudre. Tiens, si elle coupait le tissu en diagonale ? Asymétrie. Variation. Sculpter le corps. Les femmes ont le droit de s'habiller comme elles le veulent, de parler de leur corps comme elles l'entendent et surtout, les femmes ont le droit de devenir enfin grandes couturières et non le bras droit d'un créateur, toujours masculin.

RECOMMANDATION SPECTACLE

***

Une pièce d'un nouveau genre, intitulée «L'envol», drame musical moderne, se jouera sur les planches du théâtre L'audacieux tout le mois de février, à raison d'une représentation par semaine. La première représentation se tiendra le 31 janvier. Les représentants de la presse et critiques seront accueillis sur présentation de leur carte uniquement ce premier jour. La compagnie, encore inconnue du public, a un message à faire passer et saura, selon le directeur du théâtre, vous envoûter avec grâce et professionnalisme.

30

La veille de la représentation, alors que les filles s'endorment le sourire aux lèvres, fourbues de leurs répétitions acharnées, un grand homme vêtu de noir entre par effraction dans le plus grand musée de Paris, porte ouest souterraine. Après des mois de recherche, de femmes prises en filature, d'interrogatoires musclés, enfin une dénonciation salvatrice : quelqu'un qui savait.

Sa bottine frappe le pavé. D'un geste de la main, il intime ses agents d'enfoncer la porte. Plus aucune précaution désormais. C'est une découverte étonnante que font les policiers qui s'y aventurent. Un trou béant, un escalier, une porte en acajou et une grande pièce aux airs de bals mondains. Des papillons de soie étalés sur le sol, une odeur de parfum, des bibliothèques remplies d'ouvrages indécents. Des tables garnies de viandes grasses alors que la guerre a limité le taux de mets onéreux dans les foyers, des bijoux dont l'éclat se réverbère dans le lustre Louis XIV. Et surtout des costumes, des feuilles volantes éparpillées sur le sol avec des notes à l'encre, des draps noués autour des colonnades pour séparer la pièce en plusieurs petits espaces. Le livre sacré du Cardinal mis en présentation dans la bibliothèque. Un véritable repaire de voleuses. Les membres des forces de l'ordre s'empressent de collecter les informations utiles à retrouver les habitantes de ce lieu prohibé. Cette annexe au musée appartiendrait, sur l'acte de location, à une certaine Ivna Devka, une Russe immigrée attirée par la France de l'art, et ses possibilités. Néanmoins, *on n'est pas dans un rêve ici*, pense le chef, abasourdi par les prises d'initiative de ces femmes.

Rodolphe est avec eux. Malgré lui. Il est sous les ordres de la Brigade, ne faisant que son devoir. Il aime son travail, même si parfois, son sens de la morale le fait douter. Il enjambe des tenues affriolantes et les lettres d'amour d'un mari aviné, consumées par les flammes. Il imagine Léontine ici, faisant des discours, lisant un roman, recroquevillée dans un fauteuil crapaud. Il n'a pas pu empêcher ses camarades de débusquer le lieu du crime, face à l'empressement de leurs supérieurs bien décidés à résoudre cette enquête au plus vite. Que doit-il faire à présent ? Les arrêter ? Aller prévenir Léontine ? Et son devoir alors ? Ne doit-il pas faire régner l'ordre à Paris ? Il lui a déjà accordé trop de liberté alors qu'il savait depuis longtemps qui elle était. Non, elles doivent finir ce qu'elles ont commencé, proposer leur spectacle à la société et faire changer les choses ! Même si c'est la dernière fois. Léontine ne supporterait pas de devoir une fois encore s'arrêter alors que le dénouement est si proche. Il admire son courage, sa ténacité, sa fossette espiègle. Rodolphe s'en veut, se mord la lèvre inférieure, tiraillé par ses émotions.

— Rodolphe, viens donc par là !

L'injonction délite ses pensées. Il écrase sa cigarette sur le bord d'une table, replace sa mèche brune et luisante sur le haut de son crâne et s'approche d'un tract qu'il a donné aux filles quelques jours plus tôt, calligraphié du nom du théâtre où elles joueront ce soir. Rodolphe grimace.

— On a un nouvel endroit où chercher ! s'exclame Victor.

— Tous au théâtre à 20 heures, on va faire d'une pierre deux coups et fermer ces établissements qui pervertissent la société, lâche le chef au nez pincé.

Le soir de la représentation, Ménilmontant s'embrase de lumière. Le théâtre n'a pas pignon sur rue mais est suffisamment fréquenté par la bourgeoisie et les plus riches familles de la capitale. Accompagnés de leurs épouses, les maris se dandinent dans leur costume de l'ancien siècle. Les journalistes chargés de chroniquer la pièce peuplent le premier rang, impatients.

Alice s'esclaffe en coulisse. Léontine sautille d'impatience. Emma claque des dents. Cela fait plusieurs semaines que leur salle secrète du Musée du Louvre s'est transformée en salle de répétition pour aboutir à ce soir. Le grand soir. Elles se sont préparées avec minutie.

Dans le théâtre, les lumières s'éteignent, les rideaux se lèvent, les fauteuils craquent.

Les actrices se préparent. Entièrement féminines.

Puis, ça commence. La chanteuse, Edith, vocalise sur *La violetera*, un chant espagnol qu'elles ne comprennent pas mais qu'elles savent engagé en leur faveur. Les danseuses dansent, agitent leurs jambes et leurs bras, en rythme. De plus en plus nombreuses, elles envahissent la scène. Des masques blancs sur le visage. Des oiseaux, non, des papillons ! Elles volent en sauts de l'ange sur la piste. Alice jouit de ce moment. Elle retient son souffle, effectue ses lancées et cabrioles. Elle se sent dans son élément, fière et ravie. Elle est devenue une danseuse étoile. Louis lui sourit depuis les coulisses. Et puis une narratrice entre en scène,

Antoinette, elle raconte l'histoire. D'autres la jouent. Ça parle peu ou prou de cela :

Nous sommes aux trois glorieuses
Dans une demeure seigneuriale
Le maître est souffrant, laissé inexorablement
Seul.
Lui qui avait pour habitude de tout gérer
D'appeler ses serveurs et ses alliés
Ses domestiques et ses palefreniers
Mais ils sont malades, pâles.
Ne reste que les gueuses.

Au début on n'ose pas
Faire appel à leur doigté, à leur finesse et leur savoir-faire
Les femmes ne sont utiles que pour les repas
Le soir au coin du feu
Mais pour le nécessaire
Elles ne sont pas assez adroites

Et puis les hommes tombent comme des mouches
Incapables de porter cuillère à leur bouche
Alors les femmes sortent des placards,
Œuvrent au confort, à gérer la maison
On les traîne même sur les remparts

Comme cheffes de guerre et d'oppression
Elles sont indispensables
Elles font la loi
Elles prennent le pouvoir
Mais n'oublient pas les hommes, elles les chérissent
Les adulent, les soignent
La belle mise, Le beau-fils
Et puis un de ceux-là veut devenir une femme
Elles sont fortes, elles résistent
Oh Scandale !
Mais douce idée
Si un homme venait à vouloir se prendre pour une femme
Cela changerait bien des idées.
Surtout que certains pensent qu'elles les ont empoisonnés
Non, elles nient. Elles connaissent la vérité.
Cela vient du cœur. Celui d'un être humain.
Car un homme, une femme, n'est-ce pas le même dessein ? La même âme ?
Fin de l'acte I.

Pas de bourrée. Révérence. *La* majeur. Éclaircissement de voix.

Dans la salle, les femmes aiment tandis que les hommes froncent les sourcils.

Mais à la place de la salve d'applaudissements, ce sont des crépitements d'armes qui remplissent la salle.

Il y a des mouvements de panique. Les spectateurs effarés se sont levés.

— Fuyez, rugit quelqu'un dans la foule.

Les comédiennes sont trop nombreuses sur scène et la fuite ressemble à un entassement. Leurs jupons, leurs talons s'entremêlent. Crépitement de photographies aussi, pour immortaliser.

Emma attrape ses deux amies par le bras. Pour une fois, elle prend les devants. Elle connaît les coulisses de ce théâtre, elle venait avec Edmond, auparavant. Il avait ses entrées. Couloir, rideau, écart pour éviter un balai, porte de bois, grincement, essoufflement. La sortie est juste ici. La silhouette de Louis apparaît. Leur bloque le passage.

— La police est aussi derrière, à garder la porte donnant sur la rue, leur confie-t-il.

Quelqu'un savait. Les filles se tournent vers Emma, qui secoue la tête : cette fois-ci elle n'a rien dit. Ils ont obtenu d'autres sources. Rodolphe arrive en courant, croise les yeux de Léontine et leur désigne les escaliers planqués comme solution de repli. Quatre par quatre, les marches sont avalées. Deux étages. Ils sont cinq. Une porte de secours pour les risques d'incendie.

Ils courent. Louis sourit en pensant aux *Pieds Nickelés*, la BD qu'il collectionne sous son lit, trois filous en fuite dans certaines de leurs péripéties. Il a l'impression de vivre sa propre aventure. Il attrape Alice par la main et ne la lâche plus, forçant sur sa jambe blessée. En bas, ça tambourine, ça cogne, ça hurle. La police a tout misé pour attraper les Papillons Noirs. Léontine songe à toutes celles qui ont participé : les clameuses, les danseuses, les chanteuses. Que vont-elles devenir ? Comment n'ont-elles pas pu penser que la police interviendrait ? Parce que, malgré tout, elle fait encore confiance aux êtres humains ? Quitte à être déçue, à ce que son cœur se réduise en miettes, aveuglée par ses rêves d'une société unie.

Ils sont dehors. Rodolphe sort un couteau de sa poche et bloque la serrure de la porte. Le vent glacé fait frémir sa moustache. Il faut quitter le théâtre. Une planche en bois relie deux toits. Avec précaution, ils franchissent le vide. Alice et Louis, inséparables, et Emma, échevelée. Léontine s'écarte lorsque le policier lui tend la main pour l'aider. Elle va traverser seule, comme elle l'a toujours fait. Puis, lorsqu'elles sont toutes de l'autre côté, invisibles aux yeux des passants de la rue, et de ceux qui franchiraient la porte de secours, elle se retourne. Rodolphe n'a pas traversé.

— Je ne peux pas. Je dois faire mon métier. Rester dans la loi.

Les yeux de la jeune femme s'écarquillent.

— C'est toi qui nous as dénoncées ?

— Non, jamais, Léontine ! Si on ne doit jamais se revoir, je veux que tu saches que je ne t'aurais jamais dénoncée. Tu m'impressionnes trop pour cela. Je te promets que si j'apprends de qui il s'agit, je vous vengerai. Mais je dois rester car tel est mon destin.

— Quel est le mien ? crie-t-elle pour couvrir le bruit alentour.

— D'aller tenter de sauver d'autres femmes.

Elle pense aux Papillons Noirs, dans le théâtre, probablement sous le joug des policiers, arrêtées, raillées.

— Je n'ai pas réussi, cette fois.

— Il y aura d'autres fois. Ne renonce pas.

Elle hoche la tête. Se le promet. Puis fait volte-face.

— J'ai confiance en toi. J'espère que tu passeras me voir quand tu seras hors de danger, entend-elle murmurer dans son dos.

Elle ne se retourne pas. Elle rejoint ses amis. Au bout de plusieurs minutes d'échappée aérienne, ils se retrouvent sur un toit de verre, avec vue imprenable sur le labyrinthe des ruelles et cours pavées. Alice s'assoit, reprend son souffle. Louis s'agenouille à ses côtés. Les deux filles l'imitent. Leurs masques sont toujours sur leurs visages. Les ficelles élastiques leur cisaillent les tempes mais elles se sentent en sécurité, cachées derrière leur animal de papier. Les flocons tombent, de tendres boules glacées. Avec les Papillons Noirs et le sanctuaire aux objets volés, elles auront au moins réussi à donner un espoir à toutes ces femmes. Elles auront fait rugir les hommes qui se sentent menacés. Mais toutes les trois savent que c'est trop tard, que l'une d'entre elles va parler, sous la menace et la contrainte, que c'en est fini des Papillons, et ça leur troue le cœur.

— On fait quoi maintenant ? lâche Emma.

— Ça y est, tu es en procédure de divorce et tu t'ennuies déjà ? la taquine Alice.

— On a qu'à aller aider d'autres femmes, ailleurs qu'à Paris. Peut-être que les hommes seront plus conciliants de l'autre côté de la mer, propose Léontine.

— Intégrer les suffragistes londoniennes tu veux dire ? Elles se battent ardemment pour défendre leurs droits, elles aussi. Et ont obtenu le droit de vote ! Un bel exemple !

— Je pensais à celles que l'on nomme péjorativement « suffragettes » : leurs actions violentes ont un effet retentissant dans la presse. Un peu comme nous.

Alice se tourne vers Louis et fixe leurs mains enlacées. Un anneau brille à leurs annulaires.

— J'ai toujours eu envie d'ouvrir un pub anglais, dit-il.

— Un nouveau refuge. Il pourrait s'appeler *Today's coffee.*

— Depuis quand tu parles anglais ?

— Toutes ces chansons de jazz qui pullulent dans les clubs m'ont au moins servi à quelque chose, rit Alice. Mais tu laisserais ton café ?

— Mia en prendra soin, et Marco aussi. Tu es plus importante qu'un lieu. Je ne dis pas que ça ne me fera pas un pincement au cœur.

— C'est normal, dit Alice en posant la tête sur son épaule.

— Ce sera notre nouveau repaire de femmes combatives, propose Emma.

— Et Rodolphe ? demande alors Alice.

Léontine secoue la tête.

— Sa vie est ici, à Paris.

Mais dans le souffle glacé de l'hiver, elle est certaine qu'elle se souviendra de l'odeur de ses cigares, et de son sourire planqué sous sa moustache élimée.

— Et la tienne, Léon ?

C'est vrai qu'elle avait enfin réussi à vivre de sa plume,

à trouver un travail qui lui convienne, et elle va tout abandonner ? Pour ses amies, oui.

— Il nous faudra de l'argent pour rejoindre l'Angleterre, et un motif solide.

— On trouvera.

— En attendant, il nous reste à descendre de ce toit sans se rompre le cou.

— Un Papillon Noir est habitué à sillonner les toits. Il faut juste être prudente.

— Attendez, restez quelques instants, le soleil se couche.

Les trois filles regardent l'horizon.

Un nouveau destin les attend. Elles en sont certaines. Mais de l'autre côté de la Manche. Elles ont décidé d'être heureuses.

REMERCIEMENTS

Je l'avoue, les remerciements, ce sont les pages que je lis en premier quand j'ouvre un nouveau livre. Je ne sais pas pourquoi en vérité. C'est une première entrée dans un roman. Par la fin. Lire des noms de personnes que je ne connais pas du tout, je trouve ça chouette.

Mais cette fois-ci, je vais pouvoir tartiner la page de noms que JE connais, et ça c'est encore plus chouette !

J'ai adoré écrire ce roman. Ces femmes qui osent tout pour exister ont vécu il y a 100 ans ! Et aujourd'hui, nous les femmes, on essaye toujours d'obtenir un peu plus de liberté. Un peu plus de droits. J'ai eu envie de leur rendre hommage. Sans elles, nous ne serions pas là !

Et pour cela, je remercie l'équipe de Scrineo d'avoir apprécié mon histoire. Merci Dorine, best éditrice ever pour ta bienveillance (je veux trop utiliser ton prénom pour un personnage un jour ☺).

Ce serait trop long de citer le nom de toutes les personnes qui m'ont inspirée et aidée, de près ou de loin, pour l'écriture de ce roman mais voici un survol des plus importantes :

De grosses pensées à Mamá et Papá pour votre bêta lecture en version papier et vos nombreuses remarques. Et Paul, qui j'espère me lira un jour ! Je croise les doigts.

Merci à mes Normands/Parisiens/Canadiens préférés qui sont toujours là depuis tant d'années. Les amis d'enfance c'est pour la vie. Des bisous à mes deux *chinchillas girls*, pour votre soutien et votre enthousiasme à toute épreuve. Embrassades à la famille.

Et enfin, merci à mes bibliothécaires préférés, de Normandie ou de Touraine, qui sont devenus de vrais amis et des ressources historiques infinies. Pour l'anecdote, c'est en bulletinant les revues d'histoire à Vernon que j'ai eu l'idée de ce roman. J'ose espérer qu'il vous a plu.

Cet ouvrage a été achevé d'imprimer par Pulsio
Sarl, Paris en mars 2023. Imprimé en UE